Un nuevo amor

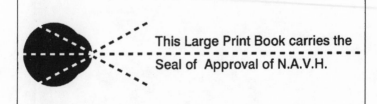

This Large Print Book carries the
Seal of Approval of N.A.V.H.

Un nuevo amor

Karen Rose Smith

Thorndike Press • Waterville, Maine

Published in 2006 by arrangement with Harlequin Books S.A.
Publicado en 2006 en cooperación con Harlequin Books S.A.

Thorndike Press® Large Print Spanish.
Thorndike Press® La Impresión grande española.

The tree indicium is a trademark of Thorndike Press.
El símbolo del árbol es una marca registrada de Thorndike Press.

The text of this Large Print edition is unabridged.
El texto de ésta edición de La Impresión Grande está inabreviado.

Other aspects of the book may vary from the original edition.
Otros aspectros de éste libro podrían variar de la edición original.

Set in 16 pt. Plantin.
Impreso en 16 pt. Plantin.

Printed in the United States on permanent paper.
Impreso en los Estados Unidos en papel permanente.

Library of Congress Cataloging-in-Publication Data

Smith, Karen Rose.
    [Once upon a baby. Spanish]
    Un nuevo amor / by Karen Rose Smith.
        p. cm. — (Thorndike Press la impresión grande
    española = Thorndike Press large print Spanish)
        ISBN 0-7862-8611-3 (lg. print : hc : alk. paper)
        1. Pregnant women — Fiction.   2. Widows — Fiction.
    3. Sheriffs — Fiction.   4. Large type books.   I. Title.
    II. Thorndike Press large print Spanish series.
    PS3569.M5375537O6318 2006
    813'.54—dc22   2006007389

Un nuevo amor

Capítulo uno

MIENTRAS atravesaba el sendero que conducía a su casa, el sheriff Simon Blackstone desvió la mirada inexorablemente hacia la puerta de la casa de al lado. Risa Parker acababa de salir con una regadera en la mano. Llevaba un vestido rosa y estaba tan guapa como siempre. Con sus casi nueve meses de embarazo se movió lentamente hacia los geranios blancos que colgaban en el porche. Pero al levantar la regadera se dobló por la mitad. Simon corrió hacia ella, sosteniéndose el sombrero para evitar que se le cayera.

—¿Qué pasa? —le preguntó, mientras la rodeaba con un brazo para sujetarla.

Tras acabar su turno, Simon estaba deseando tomarse una cerveza fría; Oklahoma podía ser muy sofocante en julio. Sin embargo, había olvidado la cerveza y sólo le importaba atender a su vecina.

—Una contracción. No sé si es el niño. Es demasiado pronto.

A Risa le temblaba la voz, y Simon podía sentir lo atemorizada que estaba. Cuando la levantó en brazos, ella soltó un grito ahogado, aunque aquella vez no fue de dolor.

—¿Qué haces? —preguntó, abriendo los ojos desmesuradamente.

—Voy a llevarte al hospital. Con la sirena del coche patrulla, llegaremos tan deprisa como en una ambulancia.

—Sheriff Blackstone...

—Es Simon.

Habían hablado por primera vez en febrero, cuando ella se había acercado a darle las gracias por quitar la nieve de la entrada de la casa de su hermana Janetta. En realidad, se había fijado en ella desde que se había mudado con Janetta Lombardi a principios de año. La cabellera castaña, larga y ondulada, y la belleza clásica de aquel rostro le habían causado una gran impresión. Se había dicho que Risa estaba llorando la muerte de su marido y que aquello la convertía en un objetivo prohibido. Cuando pocos meses después notó el embarazo trató de borrar todo pensamiento erótico sobre ella. No quería relacionarse con mujeres que quisieran un compromiso, y, sin duda, una futura madre lo querría. Desde febrero sólo habían intercambiado comentarios sobre el tiempo, pero en aquel momento los reparos parecían fuera de lugar.

—Déjate de formalidades —dijo él, mientras bajaba los escalones con ella en brazos.

—Pero tengo que cerrar la casa, recoger la bolsa que he preparado para el hospital y...

Una nueva contracción la hizo detenerse. Risa se retorció entre los brazos de Simon y se mordió el labio.

—Si es necesario, volveré a por la bolsa. Pero ahora tiene que verte un médico.

Simon la sostuvo contra el pecho mientras amainaba la contracción. Al ver que tenía un gesto más relajado, supo que se le había pasado, o al menos que ya había cedido considerablemente.

—Está bien —convino ella, abrazándolo por el cuello.

Era comprensible que Risa se mostrara reticente y lo mirara con recelo; a fin de cuentas, eran poco más que dos desconocidos. Por si no le gustaba la idea de que husmeara en la casa de su hermana, Simon le aseguró:

—He jurado defender la ley. Créeme, puedes confiar en mí.

Ella lo miró durante unos segundos, como si estuviera sopesando las palabras.

—Un pajarito de Cedar Corners me ha dicho que eres un sheriff duro, pero justo.

—¿Crees en los pajaritos?

—De momento, no tengo otra alternativa.

Risa tenía razón, y Simon tenía la impresión de que no le gustaba que nada ni nadie le impusiera condiciones. Se apresuró a llevarla al coche patrulla y, con cuidado, la ayudó a ponerse de pie.

—No quiero ponerte atrás, con esa barrera entre nosotros.

En todo el tiempo que llevaba como sheriff de Cedar Corners, Simon jamás se había visto en una situación que justificara aquella reja de separación del vehículo. No obstante, como agente del orden nunca sabía cuándo podría necesitarla.

—Estoy bien —dijo Risa.

Simon volvió a mirarla a los ojos y sintió un estremecimiento inapropiado para el momento.

—Tengo la sensación de que te pasas la vida diciendo eso, y que no siempre es verdad.

Cuando ella se sonrojó y no puso objeciones, él abrió la puerta del acompañante y la ayudó a entrar.

En siete minutos llegaron al hospital municipal de Cedar Corners. Durante el viaje, Risa mantuvo la mirada en la carretera, mientras se sostenía el abdomen con las manos. Simon trató de convencerse de que los latidos acelerados de su corazón sólo se debían a la adrenalina de la prisa por llevarla al médico.

—¿Cómo te sientes? —le preguntó, mientras aparcaba frente a urgencias.

—Estoy bi... —Risa se interrumpió y lo miró, con una sonrisa tímida. Los dos se habían dado cuenta de lo que había estado a punto de decir—. No tengo contracciones. Tal vez aún no haya llegado la hora.

—O tal vez sí.

La sala de urgencias estaba tranquila, y todo indicaba que no tardarían en atender a Risa. Simon se ofreció a ir a buscarle una silla de ruedas, pero ella se negó.

—Esperaré aquí —dijo Simon, cuando la médico la llamó para que pasara al consultorio—. Avísame cuando sepas algo.

—No quiero que pierdas el tiempo esperando —repuso ella, sorprendida de que se quedara.

—No te voy a dejar sola. ¿Quieres que llame a alguien?

Risa se inquietó ante la pregunta.

—Mi hermana Janetta estará fuera de la ciudad un par de semanas. Y mi madre y mi hermana mayor se pondrían muy nerviosas. Tienden a hacer una montaña de un grano de arena.

A pesar de lo exasperada que sonaba, Simon podía ver que Risa quería mucho a su familia. Era algo que él desconocía. Cada vez que pensaba en sus padres, las heridas eran tan profundas que los borraba de su mente.

—Veamos qué dice la médico. Si te internan, las llamaré y me marcharé.

Antes de que ella pudiera protestar, Simon le dio un ultimátum.

—No pienso dejarte sola. Así que elige: tu madre y tu hermana o yo.

—En cuanto me examinen —dijo Risa, después de pensarlo un momento—, te diré algo —le acarició un brazo tímidamente—. Gracias por haberme traído.

El leve y tembloroso roce volvió a disparar la adrenalina de Simon. Aunque Risa había entrado en la consulta hacía varios segundos, él seguía sintiendo la huella de aquellos dedos femeninos sobre la piel. Maldijo en silencio, porque aquel breve contacto lo había excitado más de lo que se atrevía a reconocer.

Media hora más tarde, Risa estaba caminando por el pasillo de urgencias, como le había sugerido la médico. Aún se sentía agitada por lo sucedido en la última hora, y no sólo por las contracciones. El año anterior, en su vida había habido más trastornos que en los veinticinco años anteriores juntos. Tras licenciarse en la universidad había dado clases en un colegio de primaria, mientras terminaba el máster de especialista en lectura. Después de un año de trabajar con niños con problemas de aprendizaje había conocido al encantador médico Todd Parker y se había casado con él.

Sin embargo, una vez casados, Todd había dejado de ser tan adorable. De pronto quiso que Risa renunciara a su trabajo, se hiciera socia del club de campo, saliera a comer con las mujeres de los otros médicos y lo ayudara a conseguir el puesto de jefe de personal del hospital. Educada por una madre que prácticamente había sido la criada de su padre, Risa consideraba que era su deber respaldar las aspiraciones de su marido. Aun así, la petición de que renunciara a su trabajo había venido seguida de otras exigencias, y los deseos de Todd habían pasado a ser los únicos que importaban. Él había encontrado formas de denigrarla y, poco a poco, le había socavado la confianza en sí misma.

Después de un año de asistir a reuniones de damas de sociedad, de servir en actos de beneficencia y de casi convertirse en una esposa de exposición, Risa se había dado cuenta de que necesitaba volver a trabajar con niños para darle sentido a su vida. Todd se había opuesto categóricamente, pero ella se había mantenido firme en su decisión. Los silencios de Todd, las réplicas cortantes y la desaprobación se habían prolongado durante semanas y, mientras su matrimonio se desintegraba día tras día, ella había comprendido que en los dos años que llevaban casados se había convertido en alguien que no quería ser.

Y entonces había llegado aquella noche terrible.

Risa no se había dado cuenta de que se estaba sujetando el abdomen de manera protectora hasta que la doctora Farrington, una mujer rubia de unos cincuenta años, se le acercó y sonrió con preocupación.

—¿Otra contracción?

—No. Sólo estaba pensando en su padre.

—Todos echamos mucho de menos a Todd —dijo la médico, comprensiva—. Sé lo duro que debe de ser para ti tener a la niña sin él.

Nadie conocía la verdadera historia de su matrimonio, salvo Janetta, y ni siquiera ella lo sabía todo.

—Estoy tratando de reorganizar mi vida.

—Criar a un niño sin pareja es un reto.

—Un reto para el que estoy preparada.

Risa estaba tan segura de ello como de que nunca volvería a casarse ni a confiar plenamente en un hombre.

—He oído que te ha traído el sheriff Blackstone.

—Vive en la casa de al lado.

—Entiendo.

Risa no sabía qué entendía exactamente la doctora Farrington. Si la obstetra creía que entre Simon y ella había alguna relación, la idea no podía ser más descabellada. El sheriff de pelo negro y ojos azules tenía fama de ser una persona de fiar, pero también de ser un mujeriego. Risa entendía por qué las mujeres se sentían atraídas por el uniformado de hombros anchos, casi un metro noventa de altura y sonrisa irresistible. Probablemente, Simon saldría con tantas mujeres como quería. Trató de no pensar en el hombre que la había levantado en brazos sin esfuerzo y le preguntó a la obstetra:

—¿Debo seguir caminando?

—Sigue paseando unos quince o veinte minutos más y que Mary te tome la tensión otra vez. Pero por lo que he visto y si no tienes más contracciones, creo que te irás a casa. La niña aún no está lista para nacer.

—Si esto ha sido una falsa alarma, no quiero pensar en lo que me dolerá cuando llegue el momento.

—Tu cuerpo te está preparando para la experiencia. Préstale atención, Risa. Cuídate durante las dos próximas semanas. ¿Janetta habrá vuelto para el parto?

—No estoy segura. Pero siempre puedo

llamar a Lucy o a mi madre, si las necesito.

—Bien. Además —añadió Farrington, con una sonrisa—, imagino que dado que el sheriff vive al lado, tienes a tu disposición el mejor servicio de emergencias. Así que si lo necesitas, aprovéchalo. Tengo que ir a examinar a otra paciente. Cuando regrese, si no han surgido complicaciones contigo, te enviaremos a casa —le aseguró; le puso una mano en el hombro, le dio un apretón y se dirigió al ascensor.

Risa se sentó en el coche patrulla, demasiado consciente del pelo negro de Simon bajo el sombrero, de sus manos fuertes sobre el volante y de su perfume masculino. Se preguntó qué le pasaba; iba a tener una hija. Y pronto, a juzgar por lo que acababa de ocurrirle.

—Me he adelantado a los acontecimientos, ¿verdad? —preguntó él, rompiendo el silencio.

—¿Qué quieres decir?

—No debería haberte traído corriendo al hospital. Ahora tendrás que pagar la consulta.

—Tengo un buen seguro médico por el trabajo en el colegio, y poco a poco voy pagando las deudas...

Se calló de pronto, pues no quería que él supiera nada, pero, en lugar de prestar importancia al dinero, él retomó la primera parte del comentario.

—¿Trabajas en un colegio?

Aunque eran vecinos, probablemente Simon sabía tan poco de ella como ella de él.

—Sí. Doy clases de primaria. Soy especialista en lectura.

—¿Qué significa eso? —preguntó él, mientras aparcaba frente a la casa de dos pisos de Janetta—. ¿Ayudas a los niños que no saben leer?

—Ayudo a niños con problemas de aprendizaje. Existen diferentes motivos para su problema. Desarrollo planes que los ayudan a progresar.

Simon apagó el motor y la miró en silencio durante unos segundos.

—Es un trabajo muy importante.

—Posiblemente tan importante como el tuyo —sonrió Risa, sintiéndose cada vez más cómoda con él.

—Veo lo que ocurre cuando los chicos no saben leer, abandonan el colegio y no tienen muchas opciones —reflexionó él—. Tú te ocupas de prevenir; yo, de curar. Probablemente no tengo tanta paciencia como tú.

Acto seguido, Simon abrió la puerta, bajó del vehículo y, antes de que Risa tuviera tiempo de desabrocharse el cinturón de seguridad, dijo:

—Te ayudaré a bajar. Es un escalón muy alto.

Risa no estaba acostumbrada a que un hombre fuera tan amable. Todo lo que había hecho Simon Blackstone aquel día había sido ser considerado con ella. Tal vez aquél era el motivo por el que sentía cosquillas en el estómago cada vez que lo miraba a los ojos azules. Tal vez era la razón por la que cuando la tomó de las manos para ayudarla a bajar se le aceleró el corazón y sintió el contacto en todo el cuerpo. Simon tardó en soltarla, y cuando lo hizo, Risa se puso nerviosa.

—¿La médico te ha dado alguna indicación sobre lo que debes hacer? —preguntó él.

—¿Además de esperar?

Simon rió entre dientes.

—Supongo que tendrás que armarte de paciencia hasta que nazca el niño. ¿Sabes el sexo?

—Es una niña.

La ternura y el cariño que sentía por aquella criatura subyacían en el tono de voz de Risa. Hablaba a la pequeña Francie todos los días, le tocaba música e incluso le leía.

—¿Ya has elegido el nombre?

—Francesca Marie. Pero la llamaré Francie.

—Bonito nombre —aseguró Simon, mirando de reojo hacia la casa—. ¿Estás segura de que deberías estar sola?

Risa se irguió.

—Voy a tener una niña, sheriff. Si necesito ayuda, soy capaz de levantar el teléfono.

—A no ser que estés en el porche o en el jardín trasero. Y me llamo Simon, ¿recuerdas? Somos vecinos.

Risa sabía que Simon tenía razón y que no debería estar tan a la defensiva. Sin embargo, durante dos años Todd había cuestionado cada una de sus decisiones y le había hecho dudar tanto de sí misma que, ahora que se valía por sí sola, quería resolver por su cuenta cualquier problema que se le presentara.

—¿Qué vas a hacer con la cena? —preguntó él, con sentido práctico.

—Aún no lo he pensado. Tal vez coma un yogur y una ensalada.

—Eso no es suficiente para dos.

—Te prometo que mañana comeré por dos.

—Antes de verte, pensaba cambiarme e ir a comprar algo de cena a la calle Poplar. ¿Qué te parece si traigo dos raciones de pavo y así comes algo caliente y nutritivo?

—Tienes miedo de que vuelva a tener contracciones, ¿verdad?

—Sé que te han dicho que era una falsa alarma, pero esas contracciones te están preparando para algo.

De repente, Risa se dio cuenta de que Simon Blackstone no sólo era el sheriff de Cedar Corners, sino también un hombre amable. No podía ser descortés con él ni rechazarlo sólo porque sentía un cosquilleo cada vez que lo miraba o porque se acaloraba cuando la tocaba. Además, tenía que reconocer que sería agradable tener compañía.

—Una ración de pavo suena muy bien.

—Si no estás muerta de hambre, voy a ducharme antes de ir a por la cena.

—No estoy muerta de hambre. Tengo limonada fresca en la nevera. Si pongo vasos en el congelador, estarán helados cuando llegues.

—Descansa hasta que vuelva —le recomendó él.

Risa se dijo que más que una orden había sido una sugerencia. Lo saludó con la mano, sonrió y se dirigió hacia el camino que conducía a la casa. Aquella tarde la había puesto nerviosa; entre las contracciones y el efecto que Simon producía en ella, iba a necesitar como mínimo media hora para recuperar la calma.

Mientras regresaba con la comida, Simon se preguntó qué estaba haciendo. Había cometido una imprudencia al invitar a Risa a compartir la cena, pero no había podido evitarlo; ella le despertaba el instinto protector, además de otros instintos. Se maldijo porque sabía que no debía tener una relación con una mujer como ella. Risa era viuda, estaba embarazada, había estado casada con el jefe de personal del hospital y, si alguna vez volvía a emparejarse con un hombre, sería con uno que estuviera dispuesto a construir una valla, comprar un perro y tener docenas de hijos.

Simon no creía en la idea romántica del amor y el matrimonio. Su madre había querido al desgraciado de su padre hasta que Dan Blackstone había muerto en la cárcel. Lo había amado tanto que después de su muerte había entablado una relación afectiva con el vodka, en lugar de con su hijo. Fuera porque estaba borracha, desilusionada o sencillamente cansada de vivir en Oklahoma City, dejó a Simon con una tía y se marchó. Si era así como acababan el amor y el matrimonio, él no quería formar parte de aquello, y, dado que tenía una pésima experiencia familiar y no sabía cómo debía comportarse un marido o un padre, no veía qué sentido tenía apostar por algo que estaba condenado al fracaso.

Dos años antes, Renée Barstow, la relaciones públicas que había contratado para su campaña electoral para sheriff, le había enseñado otra importante verdad. Simon se había olvidado de su determinación de no entablar relaciones serias y de marcharse cuando el sexo se volvía demasiado ardiente o cuando aparecía la palabra compromiso. Ella era muy atractiva e inteligente, y habían salido durante tres meses. Pero en cuanto Simon le había contado que su padre había estado en la cárcel, Renée había dejado de contestar a sus llamadas. Él solía decirse que era mejor así, que él era un soltero empedernido y que los votos matrimoniales y los velos de novia no formaban parte de su universo. No obstante, a veces se sentía solo en mitad de la noche.

Cuando llamó a la puerta trasera de la casa, Risa le abrió y lo invitó a pasar, con una amplia sonrisa. Había algo inquietante en aquella sonrisa, algo que no le gustaba, porque lo hacía sentirse perdido, intrigado y excitado.

Por enésima vez se repitió mentalmente que Risa estaba embarazada.

—Aquí está tu ración de pavo caliente, con cubiertos de plástico, servilletas, y... —levantó otra bolsa— dos raciones de tarta de coco de Connie. ¿Te gusta la tarta de coco?

—Claro que sí, pero si me como el pavo no me quedará sitio para el postre.

—Guárdala para después.

Simon esperó a que Risa se sentara a la mesa, se sentó a su lado y vio que ya había servido dos vasos con limonada. Mientras el ventilador del techo giraba sobre sus cabezas, Risa se sacó diez dólares del bolsillo del vestido y se los dio.

—¿Qué es esto? —preguntó Simon.

—La cena. No pretendo que pagues la mía.

Había algo en el tono de Risa que lo alertó de que aquello era importante para ella. Era obvio que hablaba en serio al decir que quería pagar su cena, y Simon tuvo la impresión de que, si no se lo permitía, se enfrentaría a una dura discusión. Sacó la cartera del bolsillo de los vaqueros, buscó la vuelta que correspondía y se la puso en la mano.

—No quiero que pagues de más.

Risa tenía las manos calientes y el gesto de él le había hecho brillar los ojos de una manera que lo hacía pensar que la atracción que sentía no era unilateral.

Ella apartó la mano y se guardó el dinero en el bolsillo.

—¿Compras la cena preparada a menudo?

Simon la miró abrir las bolsas, alcanzarle uno de los envases de plástico y abrir el suyo.

—Un par de veces por semana. La comida del restaurante es buena. ¿Y tú?

—Cuando Janetta está en casa nos turnamos para cocinar.

—Su trabajo la obliga a salir de la ciudad con frecuencia, ¿verdad?

—De vez en cuando. Ahora está en Tulsa, montando una nueva delegación del banco para el que trabaja. Viaja a las distintas sucursales y entrena al personal nuevo. La echo de menos cuando se va. Es la única persona de mi familia que respeta mis límites. No suele entrometerse ni intenta decirme lo que debo hacer. ¿Tú tienes hermanos?

—No —contestó él, tras meterse un trozo de pavo en la boca, masticarlo y tragarlo—. Ni hermanos ni familia.

—Lo siento —dijo ella, como si no pudiera imaginarlo—. ¿Perdiste a tus padres?

—Hace mucho tiempo. Me crió mi tía, pero hace seis años tuvo un derrame cerebral y murió. Entonces me vine a vivir aquí.

—¿Dónde te criaste?

—En Oklahoma City. Estaba en la policía, y un amigo me dijo que el sheriff de aquí se retiraba. Necesitaba un cambio de aires y me pareció una buena idea.

—Janetta me dijo que compraste la casa

hace un año.

—Así es. Decidí que Cedar Corners era un buen lugar para instalarme, al menos por ahora.

De pronto, a Risa se le transformó la expresión, se puso tensa y se llevó la mano a la tripa.

—¿Qué te pasa? —preguntó él, alarmado.

—Sólo ha sido una punzada. Nada que ver con lo de esta tarde. La médico me ha advertido que podía pasar.

—Tal vez deberías llamar a tu madre o a tu hermana. No creo que sea buena idea que te quedes sola.

—Sheriff... —empezó, con una mueca casi feroz, y se interrumpió para corregirse—. Simon, tener una niña no va a afectar mi capacidad de discernimiento. La doctora me dijo que si empezaba a tener contracciones cada cinco minutos, debía ir al hospital. Y eso es lo que haré. Hasta entonces, no necesito que me cuiden.

Él se preguntó por qué cuidarse sola era tan importante para ella y supuso que, tal vez, su familia había tratado de controlarle la vida desde que su marido había muerto.

—Hay algo que tienes que entender, Risa. Una mujer embarazada despierta el instinto protector en un hombre. Estoy seguro de que eres absolutamente capaz de cuidarte sola, pero ahora mismo no deberías correr riesgos.

—No lo haré —aseguró.

Guardaron silencio durante el resto de la cena. Él devoró toda la ración de pavo, mientras que ella apenas comió la mitad. Simon recordó lo delgada que estaba Risa antes de que se le notara el embarazo. De hecho, lo seguía estando, porque todo el peso que había aumentado estaba concentrado en su abdomen.

Al terminar la tarta de coco, Simon sabía que debía irse, pero no quería. Era una sensación extraña; lo único que quería era quedarse sentado con Risa. Por lo general, cuando estaba con una mujer quería hacer algo, salir a pasear, dar una vuelta en barca, tener relaciones sexuales. Había soñado con hacer el amor con Risa desde que se había mudado con Janetta, a pesar de que le parecía una idea ridícula, dadas las circunstancias. Le sorprendía que no hubiera hablado de su marido ni de lo mucho que lo echaba de menos con la niña a punto de nacer, pero supuso que probablemente no quería hablar de algo tan personal con un desconocido. Risa bebió un trago de limonada y dejó el vaso en la mesa.

—Gracias por todo lo que has hecho por mí hoy. Has sido muy amable conmigo.

—No es necesario que me lo agradezcas —afirmó él, poniéndose de pie.

—Has hecho algo más que tu trabajo —le replicó ella, poniéndose también de pie.

Estaban tan cerca que la tela del vestido rozaba la hebilla del cinturón de Simon. El olor del perfume de Risa flotaba en el aire de la cocina. Simon había reconocido el aroma al levantarla en brazos para llevarla al hospital. Era olor a jazmín, como los que plantaba su tía en el jardín. Risa no llevaba maquillaje, y su aspecto natural lo afectaba casi tanto como su sonrisa. Durante un momento, se preguntó qué pasaría si se acercaba un poco más, pero sonó una alarma en su cabeza y retrocedió. Quizá estaba trabajando demasiado, se dijo; quizá necesitaba unas vacaciones. Tal vez debía darse un respiro e ir al Grand Falloon, un bar de solteros. Sin pensarlo más, fue hasta la puerta.

—Cuídate —le dijo, como cualquier vecino o sheriff.

Ella asintió y lo saludó con la mano.

—Lo haré.

En vez de ir a su casa, Simon sacó las llaves y fue a buscar la camioneta que guardaba en el garaje del patio trasero. Una copa en el Grand Falloon era exactamente lo que necesitaba. De una u otra forma tenía que olvidarse de Risa Parker y de todo lo que había ocurrido aquella tarde. Una noche bailando con una mujer hermosa debería bastar para conseguirlo.

Capítulo dos

AUNQUE Simon había intentado pasar un buen rato en el Grand Falloon, no había podido. En lugar de bailar con alguna chica, se había pasado toda la noche jugando a las cartas con dos de sus ayudantes y con una pareja de amigos. No era que no hubiera mujeres atractivas en la barra o cerca de la máquina de discos, pero aquella noche ninguna le había llamado la atención. Al fin y al cabo, había cumplido treinta y cinco años en invierno, y la edad debía de haberlo cambiado. Satisfacer sus necesidades físicas ya no parecía ser tan divertido como antes.

Al llegar a su casa se tumbó en el sofá y encendió la televisión, pero sólo había anuncios. No obstante, aquella noche estaba demasiado tenso para irse a la cama. Atravesó la cocina, abrió la puerta trasera y salió al patio. La luna estaba oculta y casi no se veían estrellas en el cielo. Probablemente por eso se fijó en las luces de la casa de al lado. Había luz en la ventana de la cocina y un resplandor amarillo en el dormitorio del primer piso. Cuando había regresado del Grand Falloon, la casa de Risa estaba a oscuras.

Echó un vistazo al reloj y al ver que eran las dos de la mañana temió que Risa tuviera contracciones otra vez. Sólo había una forma de averiguarlo. Si la llamaba y no contestaba al teléfono, sabría que necesitaba ayuda. Impaciente, buscó el número de Janetta en la guía telefónica de la cocina y se apresuró a marcar. Risa contestó enseguida, preguntándose quién llamaría a aquellas horas.

—¿Diga?

—Soy Simon. He visto las luces encendidas. ¿Estás bien?

—No he tenido más contracciones —tardó ella unos segundos en responder—. Sólo tengo insomnio. Las últimas dos semanas casi no he podido dormir por las noches. Me estaba poniendo al día con las revistas de enseñanza. Cuando me aburro de leer, me aseguro de que no falta nada en la canastilla de la niña.

—¿La canastilla? —repitió Simon, no estaba familiarizado con términos relativos a bebés.

—Ropa, toallas, pañales, todo lo que necesitaré cuando la traiga a casa.

De repente, a Simon se le ocurrió una idea que podía servirle para vigilar a Risa y para darle a ella algo que hacer cuando no pudiera dormir.

—¿Quieres algo en que pensar aparte de las revistas profesionales y las canastillas?

La pausa fue más larga en aquella ocasión.

—¿Qué? —preguntó ella, con recelo.

—Estoy organizando una campaña de seguridad pública para niños —explicó—. Cuando empiece el colegio, iré a las aulas a hablar con ellos. Pero no me vendría mal un asesor profesional. ¿Qué te parece si nos reunimos y me cuentas tus preocupaciones en materia de seguridad como maestra y madre? Seguro que tienes ideas que no se me han ocurrido.

Risa se quedó callada mientras pensaba en la propuesta de Simon.

—Eso me ayudaría a mantenerme ocupada. ¿Quieres que prepare una lista de los temas que deberíamos analizar? Tengo un portátil y puedo pasarlos a limpio.

—Está bien. O sólo apunta un par de ideas. Estoy seguro de que tendré preguntas que hacerte. He estado recopilando las aportaciones de los otros ayudantes toda la semana. A lo mejor nos podemos reunir un par de noches y evaluarlo todo.

Ella permaneció en silencio durante un rato tan largo que Simon empezó a pensar que se había marchado.

—¿Risa?

—Estoy aquí. ¿De verdad necesitas que te asesore o es tu forma de vigilarme?

Simon debería haber sabido que adivinaría sus motivos.

—Las dos cosas. Necesito un punto de vista profesional para la campaña y también podré asegurarme de que no te has puesto de parto y no alcanzas al teléfono.

Aunque Risa tardó en contestar, Simon sabía que estaba allí, pensando y analizando, decidiendo si le iba a permitir ser un vecino entrometido. De hecho, él mismo se sorprendía de su propia insistencia. Pero no podía soportar la idea de que estuviera de parto y sola.

—Te asesoraré con una condición —dijo al fin.

—¿Cuál? —preguntó él, que sospechaba que no cedería fácilmente.

—Tienes que dejar que te invite a cenar mañana para corresponder a tu amabilidad de hoy —le propuso ella, a lo que él quiso protestar, pero se reprimió para dejarla terminar—. Y tenemos que reunirnos en igualdad de condiciones. De profesional a profesional. Tienes que prometerme que no te pondrás pesado.

—No soy nada pesado.

—No mucho —rió ella—. Recuerda que

no necesito que me cuiden.

Desde luego, Risa era muy susceptible con aquello.

—He captado el mensaje —le aseguró él—. Cuando te pongas de parto, tú misma conducirás hasta el hospital, dejarás el coche en el aparcamiento general y no en urgencias e irás caminando hasta la sala de obstetricia, mientras respiras como se supone que respiran las mujeres cuando están a punto de tener un niño.

—Exacto —convino ella, divertida.

Simon se pasó una mano por el pelo y sonrió.

—¿A qué hora quedamos mañana?

—¿A las ocho?

—Me parece bien.

—Entonces, te veré mañana.

—Buenas noches, Risa.

Cuando Simon colgó el teléfono volvió a mirar hacia la casa de su vecina, y se dijo que no iba a entablar una relación con Risa Parker, sólo cuidarla hasta que regresara su hermana.

Durante la semana siguiente, Risa se reunió tres veces con Simon para asesorarlo sobre su campaña de seguridad pública para niños en edad escolar. Era organizado y directo, y estaba dispuesto a escuchar sus ideas e incorporarlas en la medida de lo posible. Cada vez que se reunían, ella se daba cuenta de cómo la controlaba. Le preguntaba si había tenido más contracciones y la estudiaba con detenimiento. Sus ojos azules le provocaban escalofríos, aun a más de treinta grados de temperatura. Risa sabía que sólo estaba atento a cualquier síntoma que indicara que estaba cansada, que se esforzaba demasiado o que no comía bien. Lo cierto era que se sentía mejor y con más energía que en las últimas semanas.

El viernes por la noche, mientras daban los retoques finales al programa de actividades, Simon frunció el ceño y declaró:

—Me gustaría tener más experiencia con niños.

Cuando se apoyó en el respaldo de su silla parecía abatido. Estaban sentados a la mesa de la cocina, y Risa no pudo evitar mirar cómo se le tensaban los músculos de los brazos, cómo le caía un mechón de pelo sobre la frente y lo firmes que parecían sus muslos bajo los vaqueros.

—No has estado mucho con niños, ¿verdad?

—No mucho. No paso tanto tiempo en las calles como mis ayudantes. Debería practicar cómo relacionarme con ellos antes de entrar en las aulas.

Después de debatirse un momento, Risa le hizo una sugerencia.

—Si de verdad te preocupa, tengo una solución fácil para eso.

—¿Qué? ¿Tienes un par de niños para prestarme para que pueda experimentar con ellos?

Simon le dedicó una sonrisa ladeada, y Risa sintió cosquillas en el estómago. Aunque tal vez, sólo era Francie cambiando de postura.

—En cierto modo, sí —contestó ella, con una sonrisa—. Puedo llevarte a cenar a casa de mi madre el domingo. Mi hermana Lucy tiene tres hijos. David tiene diez años, Tanya seis y Mary Lou tres. De paso verás a qué me refiero cuando digo que mi familia quiere controlarme la vida y por qué me niego a llamarlas si no es absolutamente indispensable.

Al ver que Simon se tomaba tanto tiempo para considerar la invitación, añadió:

—Por otra parte, entendería que no quisieras mezclarte con el clan Lombardi y con unos niños que tienen más libertad de la que deberían.

Con la fama que tenía Simon, una tarde como la que le estaba proponiendo debía de sonarle aburrida.

—¿Son muy salvajes? —preguntó él, con curiosidad.

—No, salvajes no. Es sólo que a Lucy, a Janetta y a mí nos criaron con tanta rigidez que Lucy se ha ido al otro extremo con sus hijos. Le cuesta decirles que no.

—¿Estás segura de que a tu familia no le molestará que lleves a un desconocido?

Risa se detuvo a pensarlo un momento. Desde su matrimonio se había mantenido alejada de los hombres. Todd era muy celoso y, después de su muerte, jamás se había imaginado deseando volver a salir con un hombre. Pero lo de Simon no sería una cita amorosa. De alguna manera, durante la última semana se había convertido en un amigo.

—Ya no eres un desconocido. Eres mi vecino... y mi amigo.

Él se tomó unos segundos para asimilar el comentario, echó un vistazo a sus anotaciones y aceptó la invitación.

—Comer con tus sobrinos podría darme la experiencia que necesito.

En cuanto Simon se marchó, Risa llamó a su madre y le dijo que el domingo iría acompañada. Carmen Lombardi no pareció interesarse particularmente por ello, y prefirió hablar sobre la manta que estaba tejiendo para su futura nieta y sobre los preparativos para el bautizo. Cuando se despidieron, el que fuera a llevar un amigo a comer había caído en el olvido. Risa sospechaba que su madre creía que llevaría a una mujer, pero no iba a dar explicaciones hasta que tuviera que hacerlo.

Cuando el domingo cerca de las once, Simon llamó a la puerta de Risa, ésta llevaba un vestido blanco de manga corta con un delicado encaje en el escote. La recorrió con la mirada y el brillo de sus ojos pareció provocar a Francie ganas de bailar en la tripa de su madre.

—¿Siempre te pones tan elegante para las comidas familiares? —preguntó él.

—Me he vestido para ir a misa. No podré usar este vestido muchos domingos más. Espero.

Simon también estaba muy guapo con unos pantalones negros y una camisa blanca. Risa estaba acostumbrada a verlo de uniforme o con vaqueros y camiseta y con la barba crecida. Pero aquel día estaba recién afeitado y olía a loción. Le gustaba aquel perfume de pino y limón.

—¿A tu madre no le molestó que me invitaras a comer a su casa? —preguntó Simon, cuando estaban de camino.

—En absoluto —respondió ella encogiéndose de hombros.

Sin embargo, aquélla no fue la impresión que tuvo Simon cuando Carmen Lombardi los recibió en su salón. Al verlo entrar, la mujer se quedó boquiabierta y lo examinó de pies a cabeza, como si creyera que iba a robarle el candelabro de plata de la mesa.

Simon pensó que lo mejor sería abordarla directamente y extendió la mano.

—Soy el sheriff Simon Blackstone. Es un placer conocerla, señora Lombardi.

—¿El sheriff Blackstone? —repitió la mujer, con gesto turbado—. He oído rumores sobre ti.

—Estoy segura de que habrás oído que es un excelente sheriff —se apresuró a decir Risa.

—Sí, entre otras cosas. ¿Hace mucho que os conocéis?

—Simon es mi vecino. La semana pasada tuve contracciones y me llevó al hospital para que me vieran.

—Contracciones. ¡Lucy! ¿Lo has oído? —gritó Carmen, tomando a Risa por los hombros—. ¿Estás bien? ¿No deberías hacer reposo?

Lucy salió corriendo de la cocina y se unió a ellas. En aquel momento, Simon empezó a entender por qué Risa afirmaba que su madre y su hermana reaccionaban de forma exagerada. Aun así, Risa parecía tomárselo con calma. Después de aplacar sus múltiples inquietudes, llevó a Simon a la cocina, desde donde llegaban aromas deliciosos.

En el jardín del fondo, los hijos de Lucy estaban instalando un aspersor con su padre. Cuando los presentaron, Dominic asoció el nombre de Simon con su ocupación inmediatamente.

El cuñado de Risa tenía una sonrisa afable, el cabello castaño oscuro y un trato amable.

—Yo te voté —dijo, orgulloso, mientras la pequeña Mary Lou se aferraba a la pierna de su padre y se asomaba por detrás de los pantalones.

—La comida está lista —anunció Carmen desde el porche—. Venid, no queremos que se enfríe.

—Como si fuera posible en un día como éste —murmuró Dominic entre dientes.

La temperatura ya había alcanzado los treinta y cinco grados y amenazaba con seguir subiendo. Simon se preguntaba cómo lo iba a soportar Risa. Aunque en la casa había aire acondicionado, la cocina aún conservaba el calor del horno.

Cuando Risa le había abierto la puerta antes, él se había quedado pasmado al ver que parecía tan fresca como un día de primavera. En aquel momento tenía las mejillas algo más sonrosadas, pero estaba absolutamente radiante, y Simon tenía la impresión de que nunca había visto a una mujer más hermosa, embarazada o no.

La idea lo estremeció. Por su mente pasó una sucesión de imágenes con los rostros y cuerpos de algunas de las mujeres con las que había salido y a las que consideraba casi perfectas, y ninguna era comparable a la belleza de Risa.

Durante la comida, Simon y Dominic hablaron sobre el nuevo sistema informático que estaban instalando en el despacho del sheriff.

—Como sheriff —dijo Carmen, mientras le servía el segundo plato de lasaña—, probablemente conozcas a la mayoría de los habitantes de Cedar Corners.

Por lo que había podido observar, Simon supuso que la mujer tenía sus motivos para hacer aquel comentario y que no tardaría en descubrirlos.

—No a todos, sólo a los que me presentan. Y, por supuesto, a los que se meten en problemas.

Dominic y Lucy rieron, pero Carmen se mantuvo inmutable y siguió sirviendo lasaña.

—¿Conocías al doctor Todd Parker?

Simon miró a Risa de reojo y vio que se había puesto pálida.

—No, no lo conocía. Aunque estuve en el lugar la noche del accidente. Lamento lo que pasó.

La madre de Risa tenía un gesto apenado.

—Todos estuvimos allí. Era un hombre maravilloso y muy respetado, que también hizo mucho por la comunidad.

Como jefe de personal del hospital, Todd tenía un salario que Simon nunca conseguiría. Pero para él, el trabajo policial no era una cuestión de dinero, sino una forma de servir a la sociedad y de convertirse en el hombre que su padre no había sido nunca.

—Es tan triste que Todd no haya podido conocer a su hija… —continuó Carmen, con la voz quebrada.

—Mamá —murmuró Risa.

—Oh. Ya sé que tú también lo echas de menos, cariño.

—Creo que hay que volver a llenar la panera —comentó Lucy para romper la tensión—. ¿Hay más pan de ajo, mamá?

La tensión parecía exagerada. Era natural que los parientes quisieran hablar de la pérdida de sus seres queridos. Tal vez todos entendían que Risa quería mantener el dolor en privado, salvo su madre. Aunque por otra parte, Simon era consciente de que Carmen había mencionado a Todd Parker para dejar claro cuál era la clase de hombre que merecía su hija: educado, respetado por la comunidad y con un salario exorbitante.

Después del segundo plato, Carmen sirvió el postre. El *cannoli* que había hecho estaba delicioso, y Simon se lo dijo. Ella levantó la cabeza, lo observó como si estuviera juzgando su sinceridad y luego asintió y murmuró:

—Gracias.

Un rato más tarde, Simon encontró a Risa en el salón sacando juguetes de una bolsa. Todos los demás habían salido para mirar a los niños jugando con el aspersor.

—No sabía dónde estabas.

—Lucy me ha traído unas cuantas cosas para que vea si las quiero para Francie.

Simon sentía que estaba empezando a conocerla cada vez mejor.

—¿Es el único motivo por el que te has quedado aquí? —le preguntó Simon, que la conocía cada vez mejor.

—Necesitaba estar un rato sola —murmuró ella.

Simon miró el juguete que tenía en la mano, e imaginó que la mención de Todd durante la comida la habría entristecido. Al pensar en él, sintió unos celos que no entendía. No era un sentimiento al que estuviera acostumbrado y prefería no pensar demasiado en ello.

—¿Qué es esto? —preguntó, quitándole el juguete de las manos.

Al verla sonreír, Simon sintió una desesperada necesidad de besarla.

—Una caja de sorpresas.

Una por una, Risa levantó las palancas, apretó los botones de los sonidos, lo hizo girar y sacó una pequeña caja azul de uno de los lados. Cada vez que la movía aparecía un personaje de historieta.

—¿Los niños no se asustan con eso?

—No —se rió ella—. Les enseña a coordinar la vista y las manos, la causa y el efecto. Éste es un modelo antiguo. Los nuevos tienen luces y música.

Simon movió la cabeza y se agachó para volver a poner el juguete en el sofá y, al enderezarse, se quedó casi pegado a Risa, que lo envolvió con su aroma a jazmín. Había intentado interpretar el personaje del vecino amigable, pero no estaba funcionando. Cuando la rozó con el codo notó que se estremecía tanto como él, y le retiró un mechón de la cara.

—¿Te he dicho que hoy estás preciosa?

Ella agachó la cabeza y murmuró:

—Simon…

Sin hacer caso a la advertencia, él le tomó

la barbilla y le levantó la cabeza.

—¿Cuál es el problema? ¿Crees que las mujeres embarazadas no pueden ser atractivas?

—Me siento gorda —reconoció entre risas.

Simon se dio cuenta del placer que sentía al tocarla y de lo mucho que deseaba hacerlo. Incapaz de resistirse, le puso una mano en el hombro. Risa era tan femenina que hasta el algodón de su vestido resultaba excitante. Era consciente de que estaban en el salón de la casa de la madre de Risa y de que al acercarse estaba cometiendo una imprudencia. Sin embargo, cuando estaba con ella parecía perder el sentido común y se dejaba dominar por los impulsos. Mientras ella lo miraba fascinada, él le subió los dedos por el cuello hasta tocarle el delicado pendiente de perlas. Ella se estremeció.

—Simon...

En aquella ocasión había deseo en su tono, un leve temblor que le decía que estaba tan afectada por la cercanía como él.

De pronto, oyeron que alguien entraba en la cocina y la voz de Lucy llegó al salón.

—Estoy preparando limonada. ¿Os apetece un poco?

—Me encantaría —contestó Simon—. Vamos enseguida.

Antes de que pudiera decirle algo o tocarla otra vez, ella se apartó y se volvió para recoger la caja. El momento se había hecho añicos, y Simon sintió la pérdida con una intensidad nueva para él. Unos minutos después, estaba en el jardín tratando de entablar relación con los niños y preguntándose por qué David se negaba a acercarse.

Lucy se reunió con él en los columpios, bajo la sombra de un olmo.

—Risa me ha dicho que crees que tienes que practicar con niños antes de ir por los colegios a enseñarles normas de seguridad. Cuando quieras que te preste a los míos, no tienes más que pedírmelo.

—Tienen mucha energía —comentó él, soltando una carcajada.

Los niños estaban chillando y gritando mientras jugaban con el agua.

—No es tan difícil relacionarse con ellos —afirmó Lucy, en tono serio—. Por ejemplo, si le preguntas a Tanya por sus clases de gimnasia, te hablará hasta la saciedad. El secreto consiste en entrar en su mundo.

—Eso tiene sentido.

Tras una breve pausa, Lucy abordó el siguiente tema.

—Risa me ha dicho que cuidas de ella y que así es como os habéis hecho amigos.

Simon se preguntaba si Lucy le había

hecho un interrogatorio a su hermana.

—Me preocupé cuando vi que tenía esas contracciones.

—Y, al ser su vecino, pensaste que debías cuidar de ella.

El silencio de Simon no fue un obstáculo para que Lucy siguiera con sus comentarios.

—Mi madre suele ver lo que quiere —continuó—, tanto en lo relativo a su vida como a la de Risa o la de Todd.

Aquella vez, él no pudo reprimir la curiosidad.

—¿El marido de Risa tenía otra cara que no le mostraba a tu madre?

—Desde luego. Era tan generoso que le dejó a Risa deudas suficientes como para que se tuviera que mudar con Janetta. Mi madre no lo sabe. Todd no era lo que parecía. Dudo que alguno de nosotros conozca toda la historia, salvo Risa, y ella no quiere hablar del tema.

Simon se quedó pensando en silencio, y, antes de volver a la casa, Lucy confesó:

—Pensé que debías saberlo.

Sin dejar de reflexionar en los comentarios de Lucy, Simon le lanzó una pelota a la pequeña Mary Lou y luego le preguntó por sus clases de gimnasia a Tanya, quien lo obsequió con un relato detallado de sus experiencias. El chico, en cambio, fue monosilábico y pronto encontró una excusa para entrar en la casa.

Cuando el calor se hizo más intenso, los niños se quitaron el traje de baño y todos entraron en la casa, que estaba mucho más fresca. Simon observó a Risa hablando con su familia y notó cómo eludía profundizar sobre su vida; no decía nada importante y, mientras que la mayoría de las veces Carmen, Lucy y Dominic tenían opiniones contundentes, ella no expresaba las suyas. Sabía que las tenía, porque no vacilaba en compartirlas con él, aunque también lo hacía con reservas. Simon era consciente de que sólo hacía diez días que se conocían un poco mejor, pero aun así lo inquietaba aquella actitud.

Al salir de la casa de su madre, Risa estaba callada y parecía cansada. Simon imaginó que el día le había pasado factura. Permanecieron en silencio durante el viaje de regreso, y él insistió en acompañarla hasta la puerta.

—¿Te encuentras bien? —preguntó.

—Tan bien como puedo con una bola de cuatro kilos en la barriga. ¿Crees que tu lección sobre niños hiperactivos ha valido la pena?

Él sonrió ante la descripción de la tarde.

—No he aprendido mucho sobre los de

diez años. ¿David siempre es tan retraído?

—Es uno de esos niños que tienen de todo, desde un ordenador hasta una televisión de veintiséis pulgadas en el dormitorio. Es callado cuando está rodeado de adultos, pero tengo entendido que con los de su edad puede ser terrible. El año pasado su maestra tuvo que llamar a Lucy y a Dom varias veces.

Desde que había comenzado el verano se habían producido actos de vandalismo en Cedar Corners. Simon y sus ayudantes los atribuían a adolescentes que no tenían nada mejor que hacer, y él esperaba que David no tuviera nada que ver con el asunto.

—Tu hermana y su marido son muy agradables. He visto que a tu madre le gusta entrometerse. ¿Estás muy apegada a ella?

—La quiero mucho —contestó Risa, con un suspiro—. Haría cualquier cosa por mí, y yo haría lo que fuera por ella. Pero es muy estricta. Mi padre también lo era. Cuando estaba vivo, mi madre creía que su trabajo era estar al servicio de lo que él necesitara, y él consideraba que era lo que le correspondía como esposa. Cuando murió, ella guardó luto durante un año y no salió de casa, ni siquiera para ir al mercado. Lucy y yo estábamos en el instituto y tuvimos que hacernos cargo de todo.

—¿Y Janetta?

—Estaba en la universidad. Ella se atreve a enfrentarse a mi madre mucho más que Lucy y yo. Mi madre vive en su propio mundo con sus propios valores y no admite que no estemos de acuerdo con ella. ¿Y qué hay de tus padres? ¿Cómo eran?

Simon se arrepintió de haber iniciado aquella charla, pues debería haberse dado cuenta de que en algún momento ella preguntaría por su familia. Aunque tal vez lo había hecho a propósito. Era quien era, y si Risa no podía aceptarlo, tendría que buscarse a otro para que cuidara de ella hasta que regresara su hermana.

—Mi familia era un desastre. Mi padre falsificó cheques, lo encarcelaron por fraude y por agresión. Murió en la cárcel cuando estalló un motín —explicó, y Risa lo miró boquiabierta—. Mi madre lo quería tanto que se volvió una alcohólica y decidió que cuidar de un niño no era lo suyo. Así que me dejó con mi tía. Unos años después, supimos que había muerto de neumonía.

Risa guardó silencio durante un momento y luego lo tomó del brazo.

—Lo siento, Simon —dijo, y en aquel momento sonó el teléfono en la casa—. Debe de ser Janetta.

—Ve a contestar —le dijo él—. Si vuelves

a hablar con tu madre, dale las gracias de mi parte por la comida.

Ella vaciló unos segundos, pero después asintió y entró en la casa. Mientras, Simon caminó hacia la suya, preguntándose si la amistad que había nacido entre ellos habría terminado.

A Risa empezó a dolerle la espalda cerca de las nueve de la noche, pero pensó que sólo estaba cansada por el largo día. Mientras se duchaba recordó una vez más lo que Simon le había contado sobre su familia. Seguía sin entender por qué la había mirado con una expresión tan desafiante al contarle su historia y se preguntaba si acaso creía que aquello podría influir en lo que pensaba de él. Sabía mejor que nadie que el pasado determinaba a las personas, pero también sabía que no las convertía en quienes eran. Aquello era algo que dependía de cada uno. En aquel momento, Risa se había propuesto volver a ser una mujer que pudiera respetarse y admirarse. Antes de conocer a Todd no había pensado en quién quería ser. Afortunadamente, había empezado a hacerlo. Por mucho que le costara iba a aprender a ser independiente y a bastarse por sí sola, y nunca volvería a acatar órdenes ni a fiarse de ningún hombre. Todd le había mostrado su cara amable antes de casarse y después había dejado caer la fachada. Se comportaba de una manera en su círculo social y con sus compañeros de trabajo, y de otra con ella.

Al pensar en los diez días anteriores, Risa se dio cuenta de que se había hecho amiga de Simon porque parecía ser exactamente quien decía que era. La experiencia le había enseñado a reconocer las sonrisas fingidas y los falsos elogios. Era capaz de reconocer la soberbia y el desprecio, y no sentía que hubiera nada parecido en Simon.

Después de ponerse el camisón decidió asegurarse de que había colocado en su sitio todo lo que había comprado para Francie. Las ventanas de la habitación de la niña daban a la casa de Simon. Las luces de la planta baja estaban encendidas, y Risa se preguntó si estaría viendo la televisión o si estaría sentado en el patio.

Sabía que no debería pensar en ello. Estaba a punto de tener un bebé y Simon sólo estaba cuidando de ella hasta que regresara Janetta. Cuando todo hubiera pasado, volverían a ser dos vecinos que se saludaban al verse y hacían comentarios banales sobre el tiempo. Ella estaría demasiado ocupada con Francie como para pensar en cómo se estremecía cuando la tocaba, cómo se le aceleraba el corazón al verlo o en cómo sonreía al burlarse de ella.

Decidida a apartar a aquel hombre de sus pensamientos, dejó que la decoración de la habitación de la niña la emocionara como siempre. Había puesto papel verde y blanco y había colgado ilustraciones de gatos durmiendo y jugando. La cuna y el cambiador eran de roble claro y había pañales apilados por todas partes. Vio una bolsa en el suelo y recordó las batitas de algodón que había comprado la semana anterior.

Cuando se inclinó a recogerla, una contracción la dejó aturdida. Con gran esfuerzo, se enderezó y se aferró a la mesa. Aquella contracción era mucho más fuerte que la que había tenido en el porche y no estaba segura de que de nuevo se tratase de una falsa alarma.

Apenas había conseguido recuperarse de la primera cuando la asaltó una segunda, dos minutos después. Aquella vez se le doblaron las piernas y tuvo que bajar al suelo. Sin duda, había llegado el momento.

Recordó lo que había aprendido en las clases de preparación al parto y respiró profundamente. Luego controló el tiempo que transcurría entre una contracción y otra. Dos minutos después, comprendió que necesitaba ayuda. Si no la pedía, no llegaría al hospital.

En cuanto se le pasó la siguiente contracción, se puso de pie y corrió a su dormitorio. Sólo necesitaba llegar al teléfono de la mesita de noche. Alcanzó a marcar antes de que el dolor la azotara de nuevo.

—Simon —dijo, con voz entrecortada.

—¿Qué pasa, Risa?

—Espera —le suplicó ella, con los dientes apretados por el dolor.

—¿Risa?

—Tengo contracciones cada dos minutos. No sé si debería intentar ir al hospital.

—Llamaré a urgencias. ¿Tienes las puertas cerradas?

—Sí, pero hay una llave en una piedra falsa junto a la celosía del patio trasero. Está en la esquina derecha. Bajaré a...

Risa tuvo la impresión de que ni siquiera habían pasado dos minutos desde la última contracción y se tumbó en la cama.

—No te muevas —le ordenó Simon—. Voy para allá.

Mientras lo esperaba, el miedo y el dolor se apoderaron de ella.

Capítulo tres

SIMON abrió la puerta trasera de la casa de Risa y subió los escalones de dos en dos, pero se detuvo al llegar al dormitorio. Risa estaba en el suelo junto a la cama, con las piernas flexionadas y una especie de collar en la mano. Simon corrió hacia ella, esforzándose para mantener la calma, y se arrodilló a su lado.

—¿Estás bien?

Ella levantó las cuentas de cristal azul y engarces de plata.

—Se me había caído el rosario detrás de la mesita y lo necesitaba. Yo...

Risa se llevó las manos a la barriga, sosteniendo el rosario como si fuera una cuerda de salvamento, mientras se retorcía de dolor.

—Apriétame las manos —le indicó él, con la esperanza de que sirviera de ayuda.

Ella lo agarró de las manos y apretó los labios. Sus ojos delataban lo mucho que le dolía.

—Grita si lo necesitas.

Risa negó con la cabeza mientras se le pasaba la contracción. Finalmente, respiró hondo.

—Para gritar hace falta energía, y voy a necesitar toda la que tengo.

—He llamado a la ambulancia, pero había salido a atender otra emergencia. Vamos, túmbate. Tendremos que traer a esta niña al mundo nosotros solos.

Ella levantó la cabeza y lo miró a los ojos.

—¿Solos? ¿Sabes cómo atender un parto?

Él la levantó en brazos y la dejó suavemente sobre la cama.

—La formación de la academia incluía primeros auxilios, como los partos de emergencia. La mayoría de los manuales dicen que hay que dejar que la naturaleza siga su curso.

Por la expresión de Risa, Simon supo que la aterraba que la naturaleza tomara un rumbo equivocado. Se pasó la mano por el pelo y después se la llevó al abdomen.

—Menos mal que fui a clases y puedo hacer esto. Quizá las contracciones no duren tanto como pensamos. A lo mejor vuelven a parar. A lo mejor la ambulancia llega a tiempo.

Pero en cuanto terminó la frase, el dolor la estremeció de nuevo, creciendo en intensidad hasta que por fin menguó una vez más.

Aunque odiaba tener que dejarla, Simon sabía que tenía que prepararse para el parto.

—¿Puedes soportar un par de contracciones sin mí? Necesito organizar unas cosas.

—Puedo hacerlo —asintió ella, aferrándose al rosario—. ¿Qué necesitas?

—Toallas limpias. Tengo que hervir tijeras y cordones.

—Usa los de mis zapatillas. Las toallas están en el armario de debajo del lavabo, y encontrarás una cacerola en el horno.

—Todo saldrá bien, Risa —la quiso tranquilizar, acariciándole la cabeza—. Si puedes, llama a tu médico. Quizá así podamos contar con alguien que nos asesore por teléfono.

Simon le alcanzó el teléfono inalámbrico, sacó las zapatillas y fue al cuarto de baño a buscar las toallas. Cuando volvió al dormitorio diez minutos después, Risa había apartado las mantas de la cama.

—He roto aguas —anunció, afligida—. Siento como si tuviera que empujar.

Él sabía lo que tenía que hacer, pero no sabía cómo iba a reaccionar ella. Dejó la taza con los cordones esterilizados y la miró a los ojos.

—Tengo que mirar para ver qué está pasando. Si asoma la cabeza, tendrás que empezar a empujar.

—Imaginaré que eres mi médico —aceptó ella, roja como un tomate.

Simon se dijo que mientras ella imaginaba que era su obstetra, él fingiría que era una desconocida a la que había encontrado a un lado de la carretera a punto de dar a luz. De alguna manera tenía que distanciarse de lo que estaba pasando e intentar que no lo afectara en lo personal.

—De acuerdo. En ese caso —dijo, tratando de mantener una actitud profesional—, deja que te ayude a acercarte al borde de la cama. Puedes apoyar los pies.

La tomó de los hombros y la ayudó a bajar. Cuando ella volvió la cabeza para mirarlo, sus caras quedaron muy cerca. Por mucho que Simon tratara de engañarse, la tensión corporal le recordaba que se trataba de Risa. Aunque el camisón le cubría recatadamente los senos, podía ver su forma, adivinar cómo eran. Su mente se llenó de imágenes eróticas, pero se obligó a acallarlas. En cuanto terminó de colocarla en el borde de la cama, la cubrió con una manta, le puso unas almohadas debajo de la cabeza y tomó una toalla. Ella contemplaba cada uno de sus movimientos. Simon tenía la impresión de que aún había algo de recelo en aquellos enormes ojos marrones.

—¿Conseguiste localizar a tu médico?

—Se supone que me devolverá la llamada, o al menos eso me han dicho en el hospital.

Simon levantó la manta y se le hizo un nudo en el estómago.

—Puedo ver la cabeza, Risa. Me temo que tendrás que empujar.

El teléfono sonó justo cuando ella empezaba a tener una nueva contracción. Simon contestó y sostuvo el auricular entre el hombro y la barbilla.

—Soy Simon Blackstone. Puedo ver la cabeza. Dime qué tengo que hacer.

—Anima a Risa para que empuje hasta que los hombros estén fuera —contestó la médico, con naturalidad—. No te asustes si no ocurre con la primera contracción, pero insiste en que lo haga para que puedas sacar a la niña cuanto antes.

Simon dejó el teléfono en el suelo, miró a Risa y, tomando la toalla, le ordenó:

—En la próxima contracción, empuja con todas tus fuerzas.

Para Risa habría sido más fácil si él hubiera sido un completo desconocido, porque Simon sabía que ella sentía las chispas que había entre ellos cada vez que se tocaban o se miraban. Sin embargo, en aquel momento el dolor ensombrecía todo lo demás.

A él le habría gustado poder tomarla de la mano, pero como tenía que ocuparse de la niña no podía hacerlo. Cuando Risa lo miró a los ojos, se sintió conectado a ella como jamás se había sentido conectado a otra mujer.

—Todo saldrá bien. Tu pequeña quiere venir al mundo, así que ayúdame a ponerla en tus brazos.

Al sentir una nueva contracción, Risa empujó con fuerza. Simon no podía descifrar la determinación y la emoción que había en su rostro. A lo largo de sus treinta y cinco años había visto y sentido muchas cosas; estaba hastiado y acostumbrado al lado desagradable de la vida, y, aunque también había visto cosas buenas, nada se comparaba con aquel momento extraño e irrepetible. Cuando Francesca Marie Parker se deslizó en sus manos, al limpiarle la boca con un dedo, al oírla llorar y al pasarle una toalla húmeda por la cara, sintió y vio un milagro que le estremeció el corazón.

Liberado de la incomodidad, le quitó la manta a Risa para envolver a la niña, le cortó con cuidado el cordón umbilical y se la tendió a su madre.

Mientras abrazaba a la pequeña Francie, Risa no dejaba de llorar. Cuando lo miró a los ojos, Simon supo que recordaría aquel momento hasta el último día de su vida.

—No sé cómo darte las gracias, Simon.

Entonces oyeron una sirena y supieron que la ambulancia no tardaría en llegar.

—Tú has hecho todo el trabajo —le dijo él con brusquedad.

Simon se sentía extrañamente alterado al ver a Risa con la niña acurrucada sobre el pecho. El acontecimiento que habían compartido le parecía mucho más íntimo que una relación sexual. Se volvió y caminó hacia la puerta.

—Los de la ambulancia llegarán en unos minutos —dijo—. Bajaré a abrir para que te lleven al hospital.

Simon no solía marcharse antes de tiempo. Pero cuando media hora más tarde se encontró de pie en la habitación de hospital de Risa, rodeado por Carmen Lombardi, Lucy y Dominic, además de las enfermeras y los médicos que conocían a su difunto marido, decidió que había llegado el momento de hacerse a un lado.

—El doctor Parker habría estado tan orgulloso... —declaró una enfermera joven mientras miraba a Francie.

—Por supuesto que habría estado orgulloso —convino Carmen, sonriendo—. Es la niña más guapa del mundo.

—Mis tres niños son los más guapos del mundo —bromeó Lucy.

Simon echó un vistazo al reloj. Desde que había llegado la ambulancia no había tenido ni dos minutos a solas con Risa. Se acercó a la cama una vez más y dijo:

—Me marcharé para que puedas descansar —anunció, esperando que los familiares se dieran cuenta de que debían hacer lo mismo. Ella se incorporó en la cama y sonrió.

—No sé cómo darte las gracias, Simon. De no haber sido por ti, no' sé qué habría pasado.

Su familia estaba escuchando y mirando con atención.

—Sólo estaba en el lugar correcto en el momento adecuado —replicó él—. Por suerte, todo ha salido bien.

Simon sentía que se estaba despidiendo de ella, y quizá lo estuviera haciendo. Todd le había dejado una casa enorme en la mejor zona de la ciudad, un coche lujoso y probablemente todo lo que deseaba, a pesar de las deudas que había mencionado Lucy. Él jamás estaría a la altura de Parker, nunca tendría su salario ni sus orígenes aristocráticos. Además, ahora que Risa tenía una hija, lo último que querría en su vida sería un hombre, y menos uno que sólo deseaba una aventura.

—¿Has llamado a Janetta? —le preguntó.

—La ha llamado Lucy. Ha dicho que volverá la semana que viene. La doctora Farrington me ha dicho que mañana puedo marcharme a casa con Francie.

—¿Tan pronto?

—Prefiero estar en casa con ella —afirmó Risa—. Dudo que aquí pueda descansar mucho. En casa estaré más tranquila.

—Si necesitas algo…

—Si necesita algo, puede llamarnos a nosotros —interrumpió Carmen—. Gracias por ayudarla esta noche, sheriff, pero no creo que tengamos más emergencias.

—Lo que mi madre quiere decir —aclaró Risa— es que no me aprovecharé de ti por ser mi vecino. Pero puedes venir a visitarnos cuando quieras.

Simon supuso que Risa sólo estaba siendo educada, y decidió encarar a Carmen.

—Señora Lombardi, mi deber consiste en ayudar a cualquier ciudadano de Cedar Corners que me necesite. Risa me necesitaba. Pero estoy seguro de que ahora cuenta con su familia y sus consejos para criar a Francie.

Cuando volvió a concentrarse en Risa, vio que seguía tan feliz y radiante como cuando le había entregado a la niña. Estaba preciosa. Pensó que sería mejor marcharse antes de decírselo y de agacharse para besarle la frente. Aunque sabía que era necesario, odiaba tener que despedirse. Mientras les deseaba buenas noches a todos, volvió a pensar en el momento del nacimiento de la niña y en la expresión de amor absoluto de su rostro, y supo que no cambiaría aquella noche por nada del mundo.

Lucy llevó a Risa a casa poco antes del anochecer. Los trámites y los preparativos para sacar a Francie del hospital les habían llevado más tiempo del que esperaban. La mayor de las hermanas no dejaba de mirar el reloj.

—Tengo que ir a buscar a David y a Tanya a clase de música.

Mientras Risa acomodaba a Francie en la canasta del salón, Lucy subió a la planta superior, de donde bajó luego a toda velocidad cargada de pañales, toallas y ropa para la niña.

—¿Qué haces?

Risa volvió a mirar a su hija y se preguntó cuándo querría volver a comer. Le había dado dos veces el pecho, y la enfermera creía que no iba a tener problemas para alimentarla.

—Si durante una semana no debes subir escaleras y dormirás en el sofá, necesitarás tenerlo todo aquí.

—Tengo todo lo que necesito —le aseguró ella con tranquilidad—. Tengo la despensa llena de pañales y de todo lo que pueda necesitar. En serio, Lucy, si tienes que ir a buscar a David y a Tanya, vete. No te preocupes.

Su hermana dejó lo que había bajado en el sofá.

—¿Crees que es fácil cuidar a un niño? Pues no lo es. Incluso con la ayuda de Dom, hay días en los que yo no doy abasto.

—Tienes tres hijos.

—Uno es suficiente cuando se pone a llorar. Que parezca un angelito no significa que lo sea.

Risa se rió por el comentario.

—Sé que criar a un niño será duro, pero estoy preparada para hacerlo. Sabes que deseaba tener un hijo hace mucho tiempo.

—Sí, lo sé —respondió Lucy, que dejó de colocar las cosas del sofá para mirar a su hermana—. También sé que aunque Todd estuviera aquí, no te habría servido de gran ayuda. No era esa clase de hombre.

A menudo Risa pensaba en confiar en Lucy como lo había hecho en Janetta, pero la avergonzaba el daño que Todd le había hecho. Más que avergonzada, se sentía débil por no haber intentado cambiar las cosas antes, y pensaba que de haberlo hecho, quizá él no habría muerto. En ocasiones, el sentimiento de culpa la hacía despertarse en mitad de la noche.

—Gracias por traerme a casa. De verdad

que estoy bien. Todo lo que tengo que hacer es darle el pecho a Francie, cambiarle los pañales y abrazarla.

—Ojalá todo fuera tan fácil. No obstante —dijo, con una sonrisa cómplice—, si necesitas ayuda, siempre puedes llamar al sheriff.

—No voy a llamar a Simon.

—¿Por qué no? Alto, moreno y atractivo. Si yo fuera soltera, estaría el primero en mi lista de candidatos.

—No me interesa, Lucy.

—No intentes engañarme. Entre vosotros hay algo. Puedo sentirlo.

—Creo que el calor te altera los sentidos. Simon me ayudó cuando creyó que necesitaba ayuda.

—Cuando empezaste a tener contracciones lo llamaste a él.

—Vi que aún tenía la luz encendida y sabía que era el que podía llegar más deprisa.

—Yo diría que es mucho más que eso —aseguró Lucy, con los brazos en jarras—, que en cierta medida confías en ese hombre.

No podía estar más equivocada. Quizá había confiado en que la llevara a urgencias, pero no creía que pudiera volver a fiarse de un hombre. Se había enamorado de Todd y se había equivocado. Ingenua y relativamente inexperta, no había sido capaz de ver más allá de su fingido encanto. Se había dado cuenta demasiado tarde de que Todd mostraba una actitud relajada y amigable ante el mundo, pero que en realidad quería controlarlo todo, sobre todo a ella. Sabía que aquello ya era historia. El trabajo la había ayudado a recuperar la confianza que necesitaba para elegir lo correcto. Por suerte se había atrevido a desafiar a Todd y había vuelto a dar clases, a pesar de que su familia le decía que acatara los deseos de su marido y que lo dejara administrar su casa. Lucy fue a la cocina y abrió la nevera.

—Mañana iré al mercado y te haré la compra.

Risa sabía que no podría conducir al menos durante dos semanas.

—Gracias, me harías un gran favor. No necesito mucho. Pan, leche, yogur, verduras congeladas, tal vez un poco de pollo y algo de fruta.

Como estaba dándole el pecho a la niña, Risa tenía que cuidarse con la dieta.

—Comes como un pajarito. Prepararé lasaña y cocido y te los traeré.

—Puedo cuidarme sola, Lucy.

Su hermana frunció el ceño y cerró la nevera.

—Desde que murió Todd has hecho lo imposible por demostrarle a todo el mundo que no necesitas ayuda. Vale ya, Risa, todos necesitamos ayuda alguna vez.

—Lo entiendo. Pero Todd... —se tragó las palabras que iba a decir y suspiró, antes de continuar—. Necesito saber que puedo valerme por mí misma. Necesito saber que soy una mujer fuerte e independiente que puede cuidarse sola. ¿Nunca has deseado sentir ese poder?

Lucy lo pensó unos segundos y sonrió.

—Siento ese poder cuando voy de compras. No necesito sentirlo en otro momento —afirmó, entre risas—. Hablando en serio, sé que tu matrimonio con Todd no fue feliz. Te volviste más reservada, más callada. ¿Qué pasaba?

—Ahora ya no importa.

Lucy apretó los labios y permaneció en silencio, aunque no por mucho tiempo.

—¿Te pegaba? —preguntó.

—¡No! De verdad, Lucy. No me pegaba.

—¿Y qué hacía? Algo en tu matrimonio te hizo cambiar.

—Todd cuestionaba todo lo que hacía —confesó al fin—. Además, había una furia en su interior que me asustaba.

—¿Nunca me lo contarás todo?

—No. Porque se ha terminado.

—Mamá comete un error al poner a Todd en un pedestal, ¿no es cierto?

—Lo quería mucho.

—Mmm... De acuerdo. Es obvio que no quieres contarme nada más, y no insistiré, porque tengo que ir a buscar a los niños.

—Gracias por traerme a casa —repuso Risa, acercándose a su hermana, y la abrazó.

—De nada. Si necesitas algo, llámame —dijo, sonriendo con complicidad—. O a Simon.

Risa seguía negando con la cabeza cuando Lucy se marchó.

Simon llamó a la puerta trasera de Risa cerca de las ocho de la tarde. Iba cargado con algo, pero ella no tuvo tiempo de mirar qué era. Aunque acababa de comer, Francie estaba llorando en el salón, y esperaba que un cambio de pañales la tranquilizara. Mientras sacaba un pañal de la despensa, le indicó a Simon que pasara. Éste la siguió al salón, pero se detuvo al ver a Francie pataleando y con la cara roja de tanto llorar.

—¿Qué sucede? —preguntó, preocupado.

—No lo sé. Le he dado de comer. Incluso ha eructado. Si sigue así, se va a poner enferma.

Risa le cambió el pañal en un tiempo récord, se la apoyó en el hombro y empezó a dar vueltas por el salón, mientras le daba palmaditas en la espalda. Pero nada parecía tranquilizar a la niña.

—¿Qué tienes ahí? —le preguntó a Simon.

—Una cosa para Francie. ¿Crees que le gustará?

Se lo enseñó. Era un cordero de peluche gris con una cinta rosa alrededor del cuello.

—¡Es precioso! —exclamó ella, acercando el juguete a la mejilla de su hija—. ¿Ves, mi vida? Tu primer peluche. ¿A que es mono?

Francie no le dio importancia al muñeco ni a ninguna otra cosa y siguió llorando desconsoladamente.

—¿Vas a llamar al médico?

—No hasta que lo haya intentado todo —dijo Risa, acercándose a él—. ¿Puedes sostenerla un momento?

La expresión de Simon fue impagable, y Risa comprendió que probablemente nunca había sostenido a un niño antes del nacimiento de Francie.

—Todo lo que tienes que hacer es asegurarte de sujetarle la cabeza —añadió.

—¿Estás segura de que quieres que haga esto? Tal vez deberías acostarla.

—No parece que le guste estar ahí. Si pudieras tenerla un minuto, podría ir a buscar un chupete. Aún no he probado con eso.

Mientras agarraba a la niña, la cara de Simon era un canto a la determinación. Al notar el contacto de su piel, Risa sintió un escalofrío en la espalda, pero prefirió hacer caso omiso y contemplar la delicadeza con la que el sheriff se recostaba a Francie en su hombro. La niña seguía llorando, aunque con menos intensidad.

—Le caes bien —afirmó ella—. Ya está mejor.

Acto seguido, corrió a la cocina a buscar el chupete, tratando de distraerse de la visión de su hija recién nacida en brazos de Simon. Cuando regresó al salón fue directamente hasta el sofá, donde estaba el asiento para el coche de la niña.

—Probemos a ponerla aquí —sugirió.

—¿Tengo que hacerlo de alguna forma especial?

—Sólo mantén sujeta la cabeza y los hombros, y siéntala con suavidad —sonrió ella.

Francie lo miró con sus enormes ojos negros mientras la dejaba en el asiento. Al principio, cuando Risa le ofreció el chupete lo rechazó, pero al final lo aceptó y empezó a succionar con satisfacción.

—¿Eso es todo? —preguntó él, fascinado.

—Las necesidades de los niños son sencillas.

Risa miró a su hija, le acarició la cabeza

y rogó para que siempre fuera tan fácil contentarla. Después, tomó el regalo de Simon, le acarició la piel suave y lo colocó cerca de Francie, para que pudiera verlo.

—Estoy segura de que será uno de sus juguetes favoritos.

—¿Todavía no tiene una habitación llena de muñecos?

—Aún no. Mi madre le trajo unos cuantos cuando vino a visitarla.

—La vi marcharse. Estoy seguro de que quería tener a Francie en brazos todo el tiempo.

—Exactamente. Creo que Francie ha quedado agotada. Ojalá duerma un par de horas seguidas, así podré echar una siesta.

—¿Una siesta? ¿Por qué no una noche entera de sueño?

—Dudo que pueda hacerlo durante las próximas semanas. O más. Mi sobrina Mary Lou no durmió una noche entera hasta que cumplió los tres meses.

Simon se acercó a ella. Llevaba unos pantalones caqui y una camiseta roja, y estaba más atractivo que nunca. Después de comer, Risa se había puesto una bata de seda para alimentar a la niña con facilidad, pero en aquel momento la hacía sentirse cohibida. Él la miraba como si estuviera evaluando cómo era su cuerpo sin la tripa de embarazada.

Risa había engordado cuatro kilos y no sabía cuánto tardaría en perderlos.

—¿Cómo te sientes?

—No tan mal, considerando que ayer di a luz.

—¿Pudiste dormir anoche?

Risa sintió que la voz ronca de Simon reverberaba en todas sus terminaciones nerviosas.

—Un poco. Como quería asegurarme de que Francie tuviera un buen comienzo con su lactancia, me despertaba a cada rato. Así es como va a ser durante un tiempo.

—Estarás agotada.

—No necesito dormir mucho.

—Todos necesitamos dormir. ¿De verdad vas a echar una siesta ahora?

Le daba vueltas la cabeza con sólo mirarlo. Los mechones negros que le caían sobre la frente, los pómulos definidos, la mandíbula firme y con barba de dos días, todo la embelesaba.

—Si quieres tomar algo, puedo dormir después.

Él le apartó la mirada para contemplar a Francie.

—Creo que deberías aprovechar la oportunidad para descansar mientras puedas —afirmó él, suspirando—. Es extraño. Al ver nacer a Francie, al ser la primera persona que la tuvo en brazos, siento que en cierto modo estoy emparentado con ella.

Cada vez que Risa pensaba en Simon asistiéndola durante el parto y dándole a la niña se le llenaban los ojos de lágrimas. Jamás olvidaría aquel momento, y, al parecer, él tampoco.

La química que había entre ellos le quitaba el aliento, y la intensidad de sus ojos azules le paraba el corazón. Nunca se había sentido tan atraída sexualmente por un hombre. Simon era tan viril, tan fuerte y tan masculino que resultaba una tentación irresistible. Unos meses atrás, aquella atracción la habría hecho salir corriendo en la dirección contraria. Pero después de conocerlo mejor durante las últimas semanas tenía las defensas bajas, y el verlo con su hija las debilitaba aún más.

Cuando Simon inclinó la cabeza, Risa supo lo que iba a pasar. Podría haberse apartado; haber vuelto la cabeza; podría haberse sentado en el sofá junto a su hija. Pero no lo hizo. Quería descubrir qué había detrás de la electricidad que existía entre ellos. Él la besó con labios firmes y demandantes. Durante un momento, Risa tuvo pánico. Después, el pánico se transformó en sensaciones tan embriagadoramente excitantes y sensuales que no podía pensar en nada que no fuera abandonarse al placer de aquel maravilloso beso.

Simon no vaciló en introducirle la lengua en la boca. Risa podía sentir la destreza de sus movimientos, el hambre con que la devoraba, y también la ansiedad que contenía. Entonces, temiendo que las necesidades y los sentimientos que en ella despertaban desequilibraran su mundo, le puso las manos en el pecho y se apartó. Él la miró confuso.

—Llevo esperando esto mucho tiempo —confesó—, pero no estoy seguro de que sea lo que quieres. Aún estás de duelo y acabas de tener un hijo de Todd Parker.

Risa no sabía cómo explicarle que el dolor estaba mezclado con la confusión, el arrepentimiento y la culpa. No podía decirle que la hija de Todd parecía más la hija de él, porque era absolutamente ridículo. Tampoco podía decirle que su marido había socavado su confianza de tantas manera que tenía la impresión de que nunca volvería a ser capaz de confiar en nadie. No lo conocía tanto como para revelarle aquellas cosas.

Al ver que Risa no negaba lo que había dicho, la expresión de Simon se volvió sombría.

—Olvidemos que ha pasado esto —dijo.

Risa sabía que nunca podría olvidarlo, que aquella semana y lo que habían pasado juntos quedarían grabados para siempre en su memoria, pero también sabía que lo mejor era que saliera de su vida.

—Gracias por todo lo que has hecho por mí.

Él asintió y miró a Francie, que dormía plácidamente.

—Aprovecha para descansar un poco. Yo cerraré la puerta al salir.

Unos minutos después, cuando Risa oyó que se cerraba la puerta, se le anegaron los ojos. Se dijo que era culpa de las hormonas y se secó las lágrimas con el dorso de la mano. En una semana o dos, todo volvería a la normalidad, y Simon sólo sería el vecino al que saludaba cuando se cruzaban al entrar o salir. De sólo pensarlo le dolía el corazón.

Capítulo cuatro

RISA estaba de pie en la puerta trasera de su casa y frunció el ceño al ver las nubes negras que cubrían el cielo. Un par de días atrás, la tormenta eléctrica que azotaba la ciudad había amenazado con convertirse en un tornado, pero por suerte éste no se había formado. Aunque Janetta le había mostrado el refugio, no habían tenido que usarlo en toda la primavera, cuando los tornados eran más frecuentes. La casa no tenía un sótano amplio, pero una entrada lateral conducía al refugio que podían usar en caso de emergencia. Risa prefería no pensar en la idea de tener que encerrarse en aquel sitio húmedo y oscuro. Aun así, si aquello significaba estar a salvo hasta que pasara una tormenta peligrosa, tomaría a Francie y la cobijaría allí.

Ahora le preocupaba la ropa que tenía colgada. La secadora de Janetta no funcionaba bien, y el técnico debía ir a repararla al día siguiente. Risa lavaba dos pilas de ropa de Francie al día. Le costaba creer que estuvieran a finales de julio y su hija tuviera ya diez días. Ya no podía imaginarse sin ella. Aunque había estado muy ocupada con Francie, no dejaba de pensar en Simon. No lo había vuelto a ver desde el día que la había besado. Sabía que el sábado por la noche había recibido a algunos amigos en su casa, pues los había oído charlar y reír en el patio, pero se había quedado dentro.

Sabía que en aquel momento se encontraba en casa, pues tenía el coche aparcado en la entrada y la luz de la cocina encendida. Probablemente estaría cenando frente a la televisión, viendo el telediario o atento a las noticias sobre la evolución de la tormenta.

De repente, fuertes ráfagas de viento sacudieron la casa y pronto empezó a llover. Risa había albergado la esperanza de que la tormenta se disipara, pero era evidente que tendría que descolgar la ropa que había puesto a secar en el jardín. Miró a Francie, que dormía en la cuna en el salón, y salió. Las mantas y las toallas estaban retorcidas en la cuerda, y el viento amenazaba con arrancar las sábanas y la ropa de la niña. Risa tomó un cesto de mimbre y corrió hasta el final de la cuerda mientras la lluvia arreciaba. Cuando consiguió descolgar la primera sábana, ya estaba empapada. Entonces Simon salió a su encuentro.

—¿Por qué no lo dejas? —preguntó.

—Porque acabo de lavarlo y necesito ropa

seca para Francie. La secadora de Janetta no funciona. Pero no hace falta que te mojes tú también.

Simon, aún de uniforme, no hizo caso al comentario, levantó el cesto y la ayudó a recoger la ropa rápidamente. Después corrieron a la casa y entraron en la cocina. Estaban empapados. Risa sacó unos trapos de un cajón y le dio dos a Simon. Cuando se secó la cara, supo que el resto era imposible. Tenía el pelo pegado a las mejillas, la chaqueta amoldada a los senos y los pantalones cortos adheridos a los muslos. Simon la recorrió con la mirada mientras se secaba el pelo.

—¿Qué le pasa a la secadora?

—No sé. Mañana viene el técnico.

—No tiene sentido que me seque si tengo que volver a salir —comentó él, y dejó el trapo en la encimera—. Me llevaré la cesta, secaré la ropa en mi casa y te la traeré después.

Ella, que estaba a punto de secarse el pelo, lo miró, y pensó que, tras no verla ni dirigirle la palabra durante días, Simon creía que sabía qué era lo mejor para ella.

—¿Siempre tienes que ocuparte de todo?

—Sí —contestó él con naturalidad—. Es un acto reflejo.

—¿Por qué?

—Crecí ocupándome de todo —declaró él—. Mi madre se derrumbó cuando encarcelaron a mi padre, y yo controlaba las facturas y me aseguraba de pagarlas. Si quería comer, cocinaba. Cuando fui a vivir con mi tía, que era mucho mayor que mi madre, seguí haciendo lo mismo que hacía en casa. Además, hacerse cargo de todo es parte del trabajo de un sheriff.

Todd también trataba de hacerse cargo de todas las situaciones. Sin embargo, la manera de uno y otro parecían diferentes, aunque no sabía bien por qué.

—Bueno, ¿qué me dices de la ropa? —preguntó él, señalando el cesto—. ¿La quieres seca o mojada?

Simon era uno de los hombres más prácticos que conocía, y Risa no pudo evitar sonreír ante la pregunta tajante.

—Preferiría tenerla seca —contestó—. ¿Has cenado ya?

—No. Iba a pedir una pizza.

—Tengo asado en el horno y verduras, y pensaba hacer un poco de arroz. Tengo que comer sano porque estoy dándole el pecho a Francie, pero hay suficiente para los dos. Podría tenerlo todo listo para cuando la ropa termine de secarse.

Cuando Simon avanzó por la cocina y se detuvo frente a ella, Risa olió el perfume de almizcle mezclado con la lluvia y se estremeció, y cuando él le secó la mejilla, ella sintió cómo se abría a él, cómo lo aceptaba sin resentimientos ni preguntas. Con el corazón acelerado, recordó cada segundo de su beso.

—¿Te sientes obligada a devolverme todo lo que hago por ti? —preguntó él.

—No me gusta deberle nada a nadie.

Simon le miró los labios y los senos, y soltó un suspiro contenido.

—Será mejor que vayas a cambiarte.

Risa sintió que se le endurecían los pezones, y no se podía creer que una simple mirada pudiera excitarla tanto. Entonces, Simon tomó el cesto de la ropa y se marchó.

Ella respiró profundamente y se dio cuenta de que, por una parte, la aliviaba que se hubiera ido, y por otra, echaba de menos su presencia. Trató de tranquilizarse y pensó en preparar algo especial para la cena y, después de cambiarse, lavó unas fresas y las cortó para esparcirlas sobre el helado de vainilla que tenía de postre.

Dejó las fresas a un lado, puso la cacerola de verdura en el fogón, y acababa de poner una taza con arroz en la encimera cuando Francie se despertó. Bajó la temperatura del horno y fue al salón a atender a su hija. A pesar de arrullarla y hablarle, la niña sólo se calmó cuando estuvo cambiada y prendida al pecho de su madre. Risa estaba en la mecedora ensimismada con su hija cuando oyó un ruido y levantó la vista.

Simon había cambiado el uniforme por unos vaqueros y una camisa negra. Llevaba zapatillas y no botas, y probablemente por eso no lo había oído entrar. La expresión que puso al verla dándole el pecho a Francie la estremeció. El brillo de sus ojos le recordó el sabor de sus labios y su lengua, y la intensidad de aquel beso arrebatador.

—Te esperaré en la cocina —dijo él enseguida, poniéndose colorado, y se dio la vuelta como si hubiera visto algo indebido.

Cuando terminó de dar de comer a Francie, Risa puso a la niña en el cochecito y la llevó a la cocina. Mientras la colocaba en la mesa, vio que Simon sacaba el arroz del microondas. La había sorprendido su reacción. A fin de cuentas, era un hombre de mundo y, por lo que había oído, debía estar acostumbrado a ver senos.

Risa sacó dos platos del armario, los colocó en la mesa y se volvió a mirarlo.

—Gracias por preparar el arroz.

—No ha sido nada.

Se produjo un silencio incómodo y, tras una breve pausa, Simon cerró la puerta del microondas y añadió:

—Perdona que haya entrado sin llamar mientras dabas de comer a la niña.

—No te preocupes. Tendré que acostumbrarme a darle el pecho con gente alrededor.

—¿Le darás el pecho en público?

—Trataré de ser discreta. He aprendido a usar una manta para cubrirme.

—Bien —dijo él, apoyado en la encimera, y la miró con detenimiento—. Porque cuando he entrado en el salón y te he visto he tenido la sensación de que invadía territorio sagrado.

—Va a ser algo normal si soy su madre.

—Me he excitado al verte —dijo él, sin rodeos.

A Risa se le aceleró el corazón y no supo qué decir. De repente se dio cuenta de que Simon estaba frunciendo el ceño porque podría estar pensando que la verían otros hombres.

—Comprendo —murmuró.

Simon rodeó la mesa y se detuvo frente a ella.

—Para ti puede ser algo natural dar el pecho, pero eres una mujer muy atractiva, Risa. Cuando te he visto ahí, me ha costado recordar que aún estás llorando la muerte de tu marido.

—Simon —empezó ella, que no encontraba las palabras para expresar lo que sentía sobre la muerte de Todd—, mi matrimonio no era perfecto.

—¿Teníais problemas? —preguntó él, como si de verdad fuera importante para él.

Ella se recordó que tres semanas atrás sólo eran dos vecinos que se saludaban al salir, que Simon era un hombre que quería hacerse cargo de todo y que ella no quería otro hombre que le dijera lo que tenía que hacer.

—Prefiero no hablar de ello —murmuró.

—¿Porque es doloroso?

—Porque es personal.

Él levantó la cabeza, estiró una mano y le acarició una mejilla.

—Puedo respetar eso, pero reprimir lo que sientes no te ayudará a superarlo.

—Lo estoy superando —aseguró ella, acercándose a su hija.

Francie había llegado a su vida y, de momento, era lo único que importaba.

—El pasado siempre se inmiscuye en el presente —manifestó él, con aparente conocimiento de causa.

Aunque Risa sabía que Simon tenía razón, no podía compartir el suyo con él y no sabía si alguna vez sería capaz de hacerlo. Para compartir recuerdos hacía falta confianza, y confiar en un hombre no parecía estar entre sus posibilidades.

—Me dedicaré a atender a Francie.

—¿Y qué hay de tus necesidades? —preguntó Simon, como si supiese cuáles eran.

—Las madres dejan de lado sus necesidades por sus hijos, y eso es lo que voy a hacer. Voy a construir una vida para nosotras.

Aunque no había dicho que pensaba construir su vida sin un hombre, el mensaje había sido claro.

—Eso es lo que hacen las buenas madres: sacrificarse por sus hijos —dijo él—. Sé que serás una madre excelente. Admiro eso.

Ella recordó lo que Simon le había contado sobre su madre y se maldijo por haber hecho aquel comentario. Sin embargo, como si no lo hubiera afectado, él sacó la fuente de carne del horno y la dejó en la encimera.

—Yo la corto. Sólo dime dónde están los platos.

Una vez más, Simon se estaba haciendo cargo de todo, pero Risa descubrió que no le importaba. Aquella idea era tan turbadora como su presencia en la cocina. Pensó que quizá cuando terminaran de cenar la electricidad que sentía cuando lo tenía cerca habría desaparecido. Esperaba que así fuera, porque lo único que quería era concentrarse en su vida y en la de Francie, sin un hombre.

Al día siguiente por la tarde, mientras volvía a Cedar Corners de una reunión en Oklahoma City, Simon pensó en la cena de la noche anterior con Risa, en que no sabía qué hacer con sus sentimientos y en el recelo en los ojos de la joven madre que le indicaba que no terminaba de fiarse de él. Aunque quería conocer toda la historia de su matrimonio, el sentido común le pedía que se mantuviera al margen. El sentido común también le decía que se alejara de ella, que era una mujer independiente que podía cuidarse sola. Aun así, el sentido común libraba una lucha feroz contra el recuerdo del nacimiento de Francie, de su sobrecogimiento al tenerla en brazos, de la sonrisa en la cara de Risa cuando le había dado a la niña y de aquel beso que había redefinido su idea de lo que debía ser un beso.

Al llegar a las afueras de Cedar Corners, echó un vistazo a su alrededor, tratando de ver si había algo fuera de lugar en su territorio. No era una gran distracción, pero necesitaba mantenerse ocupado para apartar a Risa de su mente.

El viejo depósito de grano de la granja Conniff captó su atención, y se preguntó si alguno de sus ayudantes habría revisado últimamente el almacén abandonado. Todos los agentes de la zona sabían que debían inspeccionarlo para asegurarse de que no hubiera vagabundos acampados en el lugar. La familia Conniff se había marchado hacía dos años, porque no podía seguir manteniendo los gastos, y desde entonces estaba en venta. Para evitar que la finca se dañara, la compañía de seguros había cerrado las puertas con tablas.

Mientras avanzaba por el sendero que conducía hacia la granja, Simon pensaba que, aunque estaba muy descuidada, aquélla era una propiedad ideal para alguien dispuesto a trabajarla. Se podía dividir la superficie y construir una urbanización con grandes parques para que los niños tuvieran espacio para jugar. Aturdido, se preguntó en qué momento había empezado a pensar en niños y en parques para que jugaran.

A través de la maleza alcanzó a ver la parte delantera de la casa y tuvo la impresión de que faltaba algo. Inmediatamente se dio cuenta de qué era lo que lo había alertado. La vieja puerta del porche principal no estaba en su sitio. Habría creído que era consecuencia de la tormenta de no ser porque, en lugar de en el suelo, estaba apoyada en una barandilla.

Decidido a actuar con cautela, aparcó entre la maleza, apagó el motor y se metió el revólver en la cartuchera. Después se bajó, se escondió entre los arbustos y se acercó en silencio.

Aunque probablemente no había un motivo real de preocupación, Simon recorrió mentalmente todos los expedientes que tenía en su despacho, desde los informes de delitos cometidos en la zona hasta las órdenes de captura, pasando por las denuncias de desaparecidos.

Las zarzas le arañaban los brazos mientras rodeaba la casa agazapado. El corazón le dio un vuelco al ver dos coches aparcados en la parte trasera: un Toyota con manchas de óxido que parecía tener al menos diez años y una furgoneta abollada que no tenía mejor aspecto. Memorizó las matrículas y volvió al coche patrulla para pedir que comprobaran los datos.

Cinco minutos después obtuvo la información que necesitaba. La furgoneta había sido usada en el robo a un banco de Cushing dos días atrás. Simon pidió refuerzos y se dirigió a la entrada trasera de la casa, decidido a meter a aquellos ladrones en la cárcel.

Risa encendió la televisión antes de acomodarse en el sofá para dar de comer a Francie. Entre la ropa para lavar, las visitas de su madre y Lucy y alimentar a Francie, los días se le pasaban volando. Se sorprendió al ver una imagen de Cedar Corners en las noticias de Oklahoma City, y aún más cuando vio una fotografía de Simon en la pantalla. El periodista estaba frente a la vieja granja Conniff, y se le aceleró el corazón cuando oyó la noticia.

—El sheriff de Cedar Corners, Simon Blackstone, es el héroe del día —narraba el locutor—. Regresaba de una reunión en Oklahoma City cuando, como buen agente de la ley, inspeccionó la vieja finca Conniff, en las afueras de la ciudad, y encontró a los ladrones que hace dos días robaron en la sucursal de Cushing del banco Keystone National. Los delincuentes intentaron escapar antes de que llegaran los refuerzos y, sin ninguna ayuda, el sheriff consiguió apresarlos, y ahora están en la cárcel de Cedar Corners. A las siete y media de la tarde, Simon Blackstone dará una rueda de prensa en el comedor del colegio de la ciudad.

—Si Simon estuviera herido, el periodista habría dicho algo, ¿verdad? —le preguntó a Francie.

Pensó que podía llamarlo más tarde, pero no quería molestarlo ni quería que supiera que estaba preocupada por él. El colegio quedaba a un par de calles de su casa y, si bien no podía conducir aún, podía ir andando, con Francie en la mochila porta bebés. Con suerte podría entrar en la rueda de prensa sin llamar la atención y averiguar qué había pasado exactamente y si Simon estaba herido. Aquello le daría una oportunidad de estirar las piernas y hacer un poco de ejercicio; Francie tomaría un poco el aire y ella se quedaría más tranquila.

Cuando Risa entró en el vestíbulo del colegio, la gente hacía cola para entrar en el comedor. El lugar estaba lleno de periodistas, cámaras de televisión y cables tendidos por el suelo. Además, la mitad de la población de Cedar Corners estaba allí, ansiosa por escuchar al sheriff. Todos los que la conocían quisieron conocer a Francie, a la que ella mostró con orgullo mientras pensaba en Simon y en lo que habría pasado aquella tarde.

No había asientos libres, pero un hombre alto de vaqueros y sombrero la vio con la niña y le ofreció el suyo. Ella le dio las gracias y se sentó, esperando que Simon no la distinguiera entre la multitud. Lo vio entrar por la puerta de la cocina y agachó la cabeza. Habían improvisado un escenario con dos mesas, varias sillas y un micrófono de pie. A pesar del uniforme, Risa notó que tenía un brazo vendado y numerosos rasguños en los antebrazos. Tenía aspecto cansado, e imaginó que aquel día había sido interminable para él.

El alcalde fue el primero en acercarse al micrófono. Jim Gallagher era muy apreciado por los ciudadanos, porque mantenía el presupuesto controlado y los semáforos en funcionamiento. En cuanto se puso de pie, el público guardó silencio.

—Sólo quería darles la bienvenida. Sé que están interesados en lo que ha pasado hoy y que no quieren oírme a mí, sino al hombre que ha puesto a esos dos ladrones entre rejas. Por si no lo conocen, permitan que les presente al sheriff Simon Blackstone.

Cuando éste se acercó al micrófono, la multitud aplaudió enfervorizada. Parecía incómodo con la situación, y Risa estuvo segura de que no le gustaba estar en el candelero. Con una sonrisa forzada, el sheriff levantó las manos para pedir silencio.

—Primero explicaré lo que ha sucedido esta tarde y luego contestaré un par de preguntas.

En breves palabras contó lo mismo que el periodista de la televisión, aunque minimizando su papel. Cuando terminó, una morena de la primera fila se puso de pie y preguntó:

—¿Es cierto que ha detenido a los hombres sin ayuda de nadie?

—Salieron por la puerta trasera antes de que llegaran los refuerzos.

—¿Ha tenido que dispararles? —quiso saber otro.

—Llevaba el arma en la mano, pero no he disparado un solo tiro. Ellos tampoco.

—He oído que cuando uno de los tipos trataba de escapar, ha tenido que derribarlo —gritó un periodista sentado en la otra punta del salón—. El tipo ha confesado que intentaba apuñalarlo, pero que usted ha resultado ser un experto en artes marciales.

Simon parecía cada vez más incómodo.

—En realidad, le he puesto la zancadilla y lo he esposado antes de que pudiera levantarse.

Después de un par de preguntas más, Risa se dio cuenta de que estaba decidido a quitar importancia a lo que había pasado y al papel que había desempeñado en aquellas detenciones.

Por último, Simon dijo:

—Quiero dar las gracias a los ayudantes Foster y Garrity por su inmediata respuesta a mi petición de refuerzos y su habilidad al ocuparse del traslado de los sospechosos. Ahora los dejaré con el alcalde.

La rueda de prensa habría terminado en aquel momento si no fuera porque un periodista estaba decidido a no dejar que Simon se fuera. Iba acompañado de un cámara, que estaba grabándolo todo.

—Su padre murió en la cárcel —gritó—. ¿Ha pensado en eso al sacar el arma esta tarde?

El comedor quedó en el más absoluto de los silencios. Simon se puso rojo de furia y se volvió a mirar al periodista.

—Mi historia personal me dio la motivación para convertirme en un agente de la ley —contestó, con voz tranquila—. Pero no tiene nada que ver con cómo desempeño mi trabajo. He jurado respetar y defender la ley, y eso es lo que hago.

Sin decir una palabra más, Simon dio la vuelta y se marchó. Risa recordó el tono desafiante con que le había hablado de su infancia y se preguntó qué estaría pensando en aquel momento y cómo se sentiría al pasar de héroe a hijo de delincuente en cuestión de segundos. Sin vacilar, se puso de pie, se abrió paso entre la gente y salió del comedor por la puerta lateral, con Francie dormida contra su pecho. Al ver que Simon estaba a punto de entrar en el coche, corrió hacia él y lo llamó.

—¡Simon! Espera.

Él se detuvo, aunque no parecía muy contento. Cuando Risa llegó al coche, la miró detenidamente, mientras sostenía la puerta abierta con una mano.

—¿Qué haces aquí?

—He venido porque...

—Porque tenías la misma curiosidad que el resto —concluyó él, moviendo la cabeza—. ¿Has averiguado lo que querías saber?

—Lo único que me interesaba era si estabas bien —replicó ella, mirándole las heridas de los brazos—. Estás bien, ¿verdad?

Algo profundo y oscuro brilló en los ojos de Simon.

—Estoy perfectamente —afirmó, relajando el gesto mientras se frotaba la nuca—. Ha sido un día muy largo, y aún tengo que preparar varios informes. Estaba a punto de volver al despacho. ¿Cómo has venido?

—A pie. No está lejos, y necesito empezar a hacer ejercicio. Caminar es una buena forma.

—¿Quieres que te lleve a casa? No me importa desviarme un poco.

Simon ya se había apartado de su camino por ella demasiadas veces en las últimas semanas, y no quería usarlo de taxista.

—No. Como he dicho, tengo que andar —insistió, mientras acariciaba la espalda de Francie—. Probablemente dormirá durante todo el camino.

—Deberías irte antes de que anochezca

—aconsejó él, mirando al cielo.

—Simon, sobre lo que ha pasado ahí dentro...

—No quiero hablar de eso.

—Si sale en el telediario de esta noche...

—No importa —interrumpió—. Me sorprendió que nadie lo mencionara durante la campaña electoral. Si la gente que me votó se va a dejar influir negativamente por mi historia, supongo que tendré que mudarme después de las próximas elecciones —abrió más la puerta del coche—. Si de verdad no quieres que te lleve, tengo que irme.

Aunque la actitud distante de Simon la desconcertaba, no le daba miedo. Era muy diferente de la que tenía Todd cuando estaba furioso. Risa sabía que no debía compararlos, pero no podía evitarlo.

—Espero que mañana tengas un día tranquilo —le deseó con sinceridad.

Acto seguido, dio la vuelta y se alejó de él, consciente de que empezaba a darle demasiada importancia a lo que Simon decía y hacía. Aquella noche tendría que poner punto final a tanta preocupación.

Capítulo cinco

CUANDO Simon salió de su despacho le dolía la cabeza y se sentía culpable por haber sido tan brusco con Risa. La única excusa que tenía era que el día lo había alterado y que la pregunta sobre su padre había reabierto una vieja herida. Al llegar a casa vio que había luces encendidas en la de Risa. La noche estaba silenciosa, y probablemente no la habría visto si no hubiera estado vestida de blanco, si la luna no hubiera estado tan llena y si el silencio no hubiera sido tan absoluto que podía oírse hasta el más leve susurro.

Casi sin pensarlo, Simon saltó la pequeña valla del jardín de Risa.

Ella estaba de pie en el césped, descalza y mirando al cielo. Aunque llevaba un camisón blanco que no llegaba a cubrirle las rodillas, desde la sombra era difícil saber si llevaba ropa interior debajo. Simon sabía que no debía estar allí; que lo mejor que podía hacer era darse una ducha fría y dormir un poco. Pero el perfil de Risa lo impulsaba a seguir. Le fascinaba verla tan absorta en su mundo, con su larga cabellera al viento, su rostro de

camafeo iluminado por la luna y sus pequeños pies descalzos acariciando la hierba.

—¿Risa? —la llamó suavemente, tratando
de no asustarla.

Aun así, ella se sobresaltó y soltó un grito
ahogado. No obstante, sonrió cuando se volvió a mirarlo.

—¿Has estado trabajando hasta ahora?

Simon se acercó un poco más y pudo ver
que llevaba braguitas y sujetador bajo el camisón. En cierto modo, la sombra de las prendas
le pareció más sensual que la desnudez.

—Sí. En mi vida había visto tanto pape-
leo.

—Y ahora sólo quieres dormir, ¿verdad?

—Exacto.

—¿Crees que podrás conciliar el sueño?
Debes de tener la cabeza hecha un lío con
todo lo que ha ocurrido.

Risa tenía razón, pero él no quería hablar
del tema. Además, pensar en irse a dormir lo
hacía imaginarla en la cama con él.

—¿Qué haces aquí fuera? —preguntó, con
brusquedad.

—Necesitaba caminar sobre la hierba, respirar un poco de aire fresco y mirar al cielo
un rato. No he hecho ninguna de esas cosas
desde que nació Francie.

—Supongo que los niños exigen atención
veinticuatro horas al día.

—Supongo que todo lo que se ama lo requiere.

—No sé qué decir —masculló Simon.

Nunca había querido tanto a nada ni a nadie, ni siquiera a Renée.

—¿Sigues sin querer hablar de la rueda de prensa?

—No tiene sentido —suspiró él, porque Risa lo conocía demasiado bien.

—¿Te preocupa que la pregunta del periodista afecte a las próximas elecciones?

—He dicho lo que tenía que decir. Si la mala reputación de mi padre impide que los ciudadanos de Cedar Corners me voten, quizá no debería volver a ser sheriff.

Cuando ella se acercó, el reflejo de la luna le iluminó el pelo, que parecía de fuego.

—Creo que la mayoría de la gente tendrá en cuenta lo que has hecho hasta ahora. La gente no debería ser juzgada por sus padres.

—No debería ocurrir —repuso él, con las manos en los bolsillos para evitar tocarla—, pero ocurre. A mí siempre me han juzgado por ellos. Desde los profesores de la escuela que esperaban que me convirtiera en un delincuente como mi padre hasta los vecinos que disfrutaban cotilleando sobre mi familia. Cuando mi madre se marchó, todos me miraban con lástima y comentaban que estaba mejor así.

—¿Oías todo eso?

—Los chismes llegan a todas partes. Algunos adultos creen que los niños no se enteran de nada. Me había acostumbrado a oír los comentarios que hacían cada vez que me veían. De alguna manera, me había convencido de que de mayor me libraría de eso.

—¿De verdad?

Simon respiró profundamente y al sentir el perfume de Risa supo que quería saber si su historia le haría cambiar su actitud hacia él.

—Cuando me eligieron sheriff de Cedar Corners creí que todo eso había quedado atrás, en Oklahoma City. Pero el pasado nos persigue y a veces se interpone en nuestro camino. Estaba saliendo con una mujer y creía que podíamos tener un futuro. Como creo que la sinceridad es fundamental en una pareja, le hablé de mi familia, de la historia de mi padre, de que mi madre me había abandonado, de mi adolescencia con mi tía. En el momento ella actuó como si no fuera un problema. Era buena actriz, porque después de aquella noche dejó de contestar a mis llamadas. No tardé mucho en captar el mensaje.

—Simon, lo siento tanto…

—No te lo he contado para que te lamentes —dijo él, con voz grave.

—¿Para qué me lo has contado?

Tal vez Risa no había pretendido que su pregunta fuera una invitación, pero lo era. Simon se acercó un poco más y, durante un par de segundos, se limitó a olerla.

—Te lo he contado porque quiero ver si es importante para ti. Creo que después de lo que hemos pasado deberíamos ser sinceros.

—¿Porque nos hemos convertido en buenos amigos? —preguntó, con una voz tan suave como una caricia.

—No estoy seguro.

Mientras la miraba a los ojos y rogaba en silencio que no se apartara, Simon pensó que, si le había contado quiénes habían sido sus padres y quién era él, era porque por alguna absurda razón esperaba que ella lo aceptara. Se consideraba experto en besos, y sin embargo cuando la besaba sentía que era la primera vez que probaba los labios de una mujer. Risa era delicada, encantadora y tremendamente sensual, aunque no estaba seguro de que fuera consciente de lo atractiva y vulnerable que podía llegar a ser. Cuando la besó, sintió que se le encendía el cuerpo. El suave gemido de placer de ella lo urgió a atraerla hacia sí, a acariciarle el pelo y a intensificar la pasión del beso. Le deslizó la lengua por la comisura de los labios y sintió cómo Risa se arqueaba contra él, lo tomaba por los hombros y le apretaba los senos contra el pecho.

En aquel momento, Simon sintió algo que nunca había sentido con otra mujer. Era tal la intimidad de aquel beso que era casi como hacer el amor con ella.

Aunque el cuerpo le pedía a gritos que terminara lo que había empezado, era capaz de distinguir la realidad de la fantasía. Sabía que Risa no era la clase de mujer que se contentaba con una sola noche de pasión, y además era consciente de que acababa de tener una hija y el sexo estaba descartado. Se echó hacia atrás, bajó los brazos y se ajustó el sombrero para que Risa pudiera verle bien la cara.

—Será mejor que me vaya —masculló, casi gruñendo.

—Supongo que es lo mejor —asintió ella, y, antes de entrar en la casa, añadió—. Simon, hoy has sido un héroe. No lo olvidaré y no creo que nadie lo haga.

Cuando él oyó el sonido de la cerradura, caminó hacia su casa, pensando en lo que le había dicho y deseando que fuera cierto.

A pesar de que el sentido común le decía que debía mantenerse alejada de Simon, Risa estaba desilusionada porque no lo había visto durante el fin de semana. Él había estado fuera todo el sábado, y ella había pasado el domingo con su familia, y al regresar, la casa de Simon había estado a oscuras.

Cuando pensaba en todo lo que había hecho por ella durante las últimas semanas, se sentía en deuda con él. En realidad, no sólo se sentía en deuda. Nunca se había sentido tan sensual como cuando Simon la besaba ni había esperado desear estar con un hombre de nuevo. No después de la forma en que la había tratado Todd, como si fuera un objeto de su propiedad. Y mientras se repetía por enésima vez que Simon no era Todd, comprendió que deseaba pasar más tiempo con él.

Sabía que sus gestos de agradecimiento tenían que ser moderados, o Simon no los aceptaría. Aunque todavía no podía conducir, no era un problema grave en una ciudad del tamaño de Cedar Corners. Caminar era un buen ejercicio y podía hacerlo con Francie. Convencida de que nadie le llevaría comida casera a la comisaría, el lunes por mañana le preparó unos panecillos. Gracias al cochecito que Lucy le había regalado, Francie podría dormir en el camino. Metió los panecillos y dos latas de zumo de naranja en una bolsa y la puso en la cesta que había debajo del cochecito. Después de dejarle el aperitivo a

Simon, llevaría a Francie al pediatra. Le pareció un buen plan y esperaba que él pensara lo mismo.

Mientras empujaba el cochecito, disfrutaba de la cálida mañana de agosto. La comisaría estaba a tres calles de la casa de Janetta. Un ayudante que salía del edificio la vio llegar y le abrió la puerta. Ella le dio las gracias y atravesó el umbral. En cuanto puso un pie dentro, sintió que había cometido un tremendo error. Todos la miraban, desde la recepcionista hasta la telefonista, pasando por los dos ayudantes que estaban en la zona de los ordenadores.

—¿Qué desea? —le preguntó la recepcionista.

—Vengo a ver al sheriff Blackstone.

La mujer intercambió una mirada con la telefonista.

—¿Para qué necesita ver al sheriff?

A Risa la sorprendió que le hiciera tantas preguntas, pero supuso que no podían molestar a Simon con trivialidades. No estaba segura de que sus panecillos fueran un asunto importante, pero tenía que intentarlo.

—¿Podría decirle que Risa Parker está aquí? Le he traído algo de comer.

No había motivos para ocultar a qué había ido.

Después de observarla detenidamente una

vez más, la recepcionista pulsó un botón.

—¿Sheriff Blackstone?

—Sí, Myra.

Al oír la voz de Simon en el interfono, Risa empezó a ponerse nerviosa.

—Tiene visita. Una tal Risa Parker.

Tras unos segundos de silencio, Simon contestó:

—Salgo enseguida.

Uno de los ayudantes se había sentado, pero el otro permaneció de pie, como si esperara que el espectáculo empezara pronto.

Al poco, Simon abrió la puerta de detrás del mostrador de recepción. Risa sospechaba que habría un pasillo que conduciría a su despacho, a la sala de interrogatorios y a la pequeña celda en la que habían estado presos los ladrones del banco antes de que los trasladaran a una cárcel estatal. Simon no sonrió al verla, pero en sus ojos brillaban los mismos destellos que ella pudo ver antes de que la besara.

—¡Qué sorpresa! —dijo mientras se acercaba.

—Puede que no haya sido una buena idea —reconoció ella, en voz baja—. Pero has hecho tantas cosas por nosotras que te he traído unos panecillos. Si estás muy ocupado, puedo dejártelos.

—No, no estoy muy ocupado —contestó

él, tomándola del brazo—, y me merezco un descanso tanto como cualquiera. Sólo que nunca me lo tomo.

—Le llevamos comida a intervalos regulares para que no se muera de hambre —bromeó el ayudante que seguía de pie.

—Risa Parker, te presento a Anson Foster —dijo Simon—. Y el que está sentado es Dave Garrity.

—Ahora sé quién es —dijo la recepcionista, con una sonrisa ladeada—. Ésta es la niña que trajiste al mundo.

—Ésta es Myra —siguió Simon, señalando a su recepcionista—, y la telefonista es Nancy. Ninguna de las dos se creyó que había ayudado a Francie a nacer.

—El rumor más jugoso de esta ciudad en mucho tiempo —afirmó Myra.

—¿Quieres pasar a mi despacho? —le preguntó Simon a Risa, sin atender al comentario de su compañera—. Es agradable y está fresco.

—¿Estás seguro de que tienes tiempo? —se aseguró Risa, que ya no estaba tan incómoda.

—Completamente. Ven.

Mientras Simon empujaba el cochecito de Francie, ella oyó que Anson le decía a Dave:

—Nunca había llevado a una mujer a su despacho.

Risa sabía que Simon también lo había oído, pero éste fingió que no se había enterado y la guió por el pasillo hasta la primera puerta de la derecha. Ella se preguntó si habría cometido un error al ir allí. Había oído que Simon era un soltero empedernido y que nunca salía mucho tiempo con una mujer. Sin embargo, él le había contado que una vez había intentado establecer una relación duradera, y aquella confesión le hacía pensar que quizá en el fondo deseaba una relación seria. El problema era que ella no estaba segura de querer lo mismo.

Respiró profundamente y se dijo que había ido a agradecerle lo mucho que la había ayudado. Nada más.

—Tus compañeros son muy simpáticos —comentó.

A Risa no le sorprendió ver lo ordenado que estaba el despacho, pues él ya le había demostrado que era muy eficiente y organizado. Después de dejar el cochecito de Francie junto a la ventana, Simon se puso a despejar la mesa.

—Me caen muy bien, pero a veces son un poco cotillas.

Risa se quitó el sombrero y colocó el cochecito para poder ver a Francie desde la silla. Le acarició una mejilla y se alegró de verla dormir tan plácidamente. Simon es-

105

taba apartando unas carpetas, pero cuando ella levantó la vista lo descubrió mirándola. Puesto que habían acordado que siempre serían sinceros, preguntó:

—¿Es cierto que nunca habías traído a una mujer aquí?

—¿Aparte de las que he detenido? —replicó él con una sonrisa divertida.

—Prefiero no preguntar por ésas —siguiendo con el tono bromista, y, cuando sacó la bolsa de la cesta, Simon se apresuró a quitársela de las manos—. No pesa nada.

Él le acarició una mejilla y la miró con los ojos encendidos por el recuerdo de sus besos. Entonces, al ver los panecillos, preguntó:

—¿Los has hecho tú?

Ella asintió.

—No tenías por qué tomarte tantas molestias —continuó él.

—No ha sido ninguna molestia. Me gusta cocinar.

Por la forma en que la miraba, Risa sentía que veía en su interior, y que reconocía cosas que ella prefería mantener ocultas. Al cabo de un rato, Simon desvió la vista hacia la niña y se puso serio. Se sentaron uno frente al otro y, mientras él desenvolvía los panecillos, ella sacó los platos de papel y los cubiertos de plástico que había metido en la bolsa.

—Jamás había invitado a una mujer a mi

despacho. Siempre he pensado que era mejor mantener el trabajo separado de la vida privada.

—Y yo he montado una escenita con el carrito y los panes —se avergonzó ella.

—No, no has montado ninguna escena —le aseguró él—. El caso es que no me molesta tenerte aquí. Me gusta que hayas querido traerme todo esto.

Al oír aquellas palabras, Risa sintió una agradable sensación de bienestar. Después de comer un par de panecillos, Simon bebió un poco de zumo y se recostó en su sillón.

—Es la primera vez que tengo una amiga —comentó—. Pero creo que te he contado más de mi vida que tú a mí de la tuya.

—No es cierto. Has estado en casa de mi madre. Has estado con toda mi familia, salvo Janetta, que, por cierto, volverá en una semana.

—Sé algo sobre tu familia, pero no sé nada sobre tu matrimonio.

Risa sintió un escalofrío en la espalda al comprender que lo que Simon le estaba pidiendo realmente era que confiara en él. Aun así, hablarle sobre Todd implicaba mucho más que un voto de confianza. Si lo hacía, Simon vería lo débil que había sido, lo insensata que había sido al pensar que el tiempo y el amor bastarían para que Todd cambiara de actitud. Incluso podía culparla por el accidente, como tantas veces se había culpado ella. Y sobre todo, si le contaba la verdad sobre su matrimonio, tendría que confiar en él.

—¿Risa?

—¿Qué?

—¿Por qué no puedes hablarme de tu matrimonio?

—No me siento cómoda; es algo privado. Los matrimonios son privados.

—No es eso —afirmó Simon, convencido.

—¿Crees que te estoy mintiendo?

Él la contempló un rato antes de contestar.

—No, me estás dando evasivas. Y quiero saber por qué.

—Apenas nos conocemos.

—Si te refieres a que no tenemos una larga historia, es cierto, no la tenemos. Pero tuve a tu hija en mis manos cuando nació. He pasado tiempo con tu familia y nuestros besos me mantienen despierto toda la noche. No lo sé todo sobre ti, y por eso te pregunto por tu matrimonio.

En aquel momento, Risa lamentó haber ido a verlo. No estaba preparada para aquella situación. Las repercusiones de su matrimonio y de la muerte de Todd no eran algo que pudiera dejar de lado porque quería seguir adelante con su vida. Contárselo a Simon no la ayudaría. De hecho, empeoraría las cosas. De repente se sintió agotada. El paseo la había cansado, y aquella conversación la había dejado sin fuerzas. Obviamente, aún no estaba recuperada.

—No quiero hablar sobre mi matrimonio —dijo, en voz baja.

—Demasiado para ser amigos.

Simon sonaba enfadado, pero Risa descubrió que su rabia no le daba miedo como la de Todd. La rabia de Simon era limpia y clara, surgida de la situación.

—A lo mejor tienes que ser un amigo paciente —le sugirió.

Francie empezó a desperezarse y a gimotear. Simon la miró y luego otra vez a Risa.

—Siempre me han dicho que lo soy. Pero nunca había tenido que serlo con una mujer.

—¿Siempre te dan lo que quieres cuando lo quieres?

Él soltó una carcajada.

—Sabes cómo llegar al fondo de las cosas, ¿verdad?

—Tienes una reputación, Simon.

Así como él quería saber sobre su matrimonio, ella quería saber sobre su fama de mujeriego.

—La mayor parte es cierta, supongo —reconoció con ironía—. Intenté tener una relación seria con Renée, pero no funcionó. Nunca pensé que lo de atarme a una mujer fuera para mí, por no hablar de tener hijos. No he tenido un modelo. Ni siquiera sé cómo debería ser una familia.

Simon estaba equivocado. Ella lo había visto relacionarse con su familia. Lo había visto con Francie y sabía que no le costaría aprender a ser un hombre de familia, pero no estaba tan segura de que quisiera serlo.

—Supongo que podrías seguir soltero toda tu vida. No serías ni el primero ni el último.

—¿Un sheriff solterón que se pasa la vida jugando al póquer con los amigos? Sí, podría ser una buena vida.

Simon había sido muy sarcástico, por lo que Risa no supo cómo se sentía realmente ante aquella posibilidad. Los gemidos de Francie se convirtieron en lloriqueos. Risa se puso de pie y tomó a su hija en brazos.

—Tengo que darle el pecho.

Él notó que llevaba un vestido abotonado en la parte delantera.

—Me iré mientras —dijo.

Simon no había terminado su refrigerio, y ella no quería echarlo de su propio despacho. Tomó la manta de Francie y pensó que le serviría para cubrirse el pecho.

—Termina de comer —sugirió—. ¿No hay otro lugar al que pueda ir?

—Sólo la sala de interrogatorios.

—¿Crees que a Francie se le podrían pegar las malas vibraciones? —bromeó.

—No, supongo que no —se rió él—. Es sólo que cuando pienso en ti dándole el pecho... De acuerdo, te llevaré a la sala de interrogatorios. Pero cierra la puerta.

Ella lo miró con curiosidad.

—No quiero que nadie te moleste —explicó él—, y es algo que podría pasar.

Media hora más tarde, después de dar de comer a Francie, Risa volvió al despacho de Simon y lo encontró trabajando con el ordenador. En cuanto la vio, él le señaló el plato que había dejado en la mesa.

—Siéntate y come —le ordenó.

—La verdad es que no tengo hambre, y nos tenemos que ir. No sólo para que puedas trabajar, sino porque tengo que llevar a Francie al pediatra.

—¿Y cómo piensas llegar hasta allí? —preguntó Simon, tenso de repente.

—Andando. No está lejos.

—¿Dónde está? —preguntó, receloso.

—A dos calles de aquí, en Chestnut.

—Y luego tendrás que andar cuatro calles más hasta tu casa. Has tenido un hijo hace dos semanas.

—Me viene bien caminar —se excusó ella, a pesar de saber que probablemente había planeado una excursión más larga de lo que podía soportar.

—Puede ser, pero no conviene que te pases. Te llevaré al pediatra.

—Pero tienes trabajo aquí.

—Puede, pero me he pasado casi todo el fin de semana encerrado en esta oficina. Tengo derecho a tomarme un rato libre.

—¿Y quieres dedicarlo a acompañarme al médico?

—Si, ¿por qué no? Me entretendré leyendo mis revistas favoritas.

—Sabes que no tienes que quedarte a esperarme.

Simon pulsó unas teclas y se puso de pie.

—Sé sincera conmigo en una cosa, Risa.

—¿Qué?

—¿Quieres que te lleve al médico o prefieres ir sola?

Capítulo seis

RISA vio en la mirada penetrante de Simon que quería la verdad, igual que ella quería la verdad de él.

—Sería genial que me llevaras al médico y luego a casa. Pero no quiero que lo hagas por algún sentido del deber.

—Es más que un deber —respondió él, poniéndose el sombrero de sheriff—. El beso de la otra noche no tuvo nada que ver con el deber. Hay fuego entre nosotros, Risa, y puede que nos quememos, pero es demasiado fuerte como para ignorarlo y a mí me gustaría averiguar en qué consiste.

—Yo no sé si estoy preparada para esto —respondió ella.

—Es justo. ¿Por qué no vamos paso a paso y vemos a dónde nos lleva?

Aquello sonaba muy sencillo, pero Risa sabía que no lo era, pues después de diez pasos podría acabar herida, igual que él. Sin embargo, si no lo intentaba, estaría permitiendo que su matrimonio con Todd y todo lo que en él sucedió controlara el resto de su vida, y no podía permitirlo. Así pues, decidió demostrarle a Simon que no temía asumir riesgos.

—Paso a paso —aceptó.

Media hora más tarde, Simon había instalado un asiento para niños en su todoterreno. Una vez que Risa le hubo enseñado a montar el cochecito, las llevó al médico. Había visto las miradas entre Anson y Dave y las sonrisas entre Myra y Nancy; sabía incluso que sería blanco de los cotilleos durante todo el día, pero en aquel momento no le importó. Sentía una unión con Risa que no había sentido con ninguna otra mujer. Quizá era por su hija, o quizá no.

Cuando llegaron a la clínica, Simon ayudó a salir a Risa y desenganchó a Francie. Se sentía cada vez más seguro tomándola en brazos y notó que ya había crecido.

—¿Quieres que la lleve dentro? —le preguntó a Risa.

—Si te apetece.

Simon se dio cuenta de que le apetecía mucho. Se sentó con Francie en la sala de espera mientras Risa iba a la recepción, y oyó al recepcionista.

—La doctora Gracy ha tenido una urgencia y todavía está en el hospital, pero si no le importa hoy puede ver a Francie el doctor Winslow.

—¿Conoces al doctor Winslow? —le preguntó Simon cuando Risa se sentó con ellos.

—No personalmente, pero miré sus credenciales antes de escoger este equipo de pediatras. Normalmente los equipos rotan a sus médicos de todas formas, así que me vendrá bien conocerlo.

A Simon le pareció que Risa se había tomado muy bien la maternidad. Parecía cansada pero no agotada, y en absoluto estresada. Imaginó que resultaría más sencillo para unas mujeres que para otras, y que quizá su propia madre nunca había querido hijos. De una cosa estuvo seguro, de que Risa nunca abandonaría a su niña. Francie se había despertado y pareció contenta al ver a Simon, como si ya hubiera aprendido a reconocerlo. Él la sonrió y le hizo cosquillas en la barbilla. En aquel momento se abrió la puerta de la consulta y salió un hombre alto de mediana edad y amplia sonrisa.

—Puede entrar con su marido.

—No es mi marido. Simon es un amigo —corrigió ella al tiempo que se ponía de pie y tomaba a su hija.

—Oh, lo siento.

—No importa —aclaró Simon—. Ayudé en el parto.

—Entiendo —afirmó el doctor, aunque con una mirada que decía que no entendía nada.

Con Francie en el hombro, Risa recogió

la bolsa de los pañales y siguió al médico por el pasillo. Cuando éste hubo cerrado la puerta, Simon se sintió encerrado. Le había propuesto a Risa ir paso a paso, pero aquel primer paso le pareció gigantesco. Nunca se había visto haciendo el papel de padre, ni siquiera había esperado pensar nunca en tener hijos. Pensó que las responsabilidades de un padre debían hacerle ir en sentido contrario, pero de nuevo volvió a pensar en los vivos ojos de Francie y en su cuerpecito. Pensó también en los besos de Risa y en cómo se excitaba con sólo recordarlos.

No sabía en qué se estaba metiendo, pero sabía que estaba en ello y que no se iba a retirar ahora.

Mientras daba el pecho a Francie, Risa no dejaba de pensar en la dulzura con que Simon había sujetado a su hija y el orgullo con el que había hablado de su participación en el parto. También recordó cómo luego las había acompañado hasta la puerta y las había invitado a ir con él al lago el domingo. El lago de Cedar County era una zona de recreo a kilómetro y medio de la ciudad, donde se podía hacer picnic, montar en barca, pescar o nadar. A Risa le costaba creer lo mucho que deseaba que llegara el domingo para volver a pasar tiempo con Simon. Cuando sonó el teléfono, lo descolgó enseguida pensando que sería Janetta para ver qué tal estaba. Pero no era ella, sino su madre.

—Hola, cariño. ¿Cómo fue la cita de Francie con el pediatra?

—Fue bien. Está creciendo mucho; ya ha ganado más de cien gramos.

—Genial. Nunca se sabe si los estás alimentando mucho o poco.

—Le doy un biberón suplementario de vez en cuando, para que se acostumbre. No quiero que tengas problemas cuando la tengas que alimentar tú, cuando yo vuelva a dar clases en octubre.

—No tendremos ningún problema, nos llevaremos muy bien. Lo cual me recuerda, Lucy me ha dicho que tienes algunos libros que le gustarían a Mary Lou. ¿Podrías traer algunos el domingo?

—El domingo... Mamá, tengo otros planes.

—¿Qué otros planes? Sabes que siempre cenamos juntos los domingos; es algo familiar.

—Sí, lo sé, pero de vez en cuando viene bien romper la rutina.

La madre se quedó en silencio durante un rato, hasta que preguntó con sospecha.

—¿Y *con quién* tienes planes?

—Simon me ha pedido que vayamos al lago —reconoció ella.

—¿Francie también?

—Sí, Francie también —contestó, y hubo otra pausa.

—¿Sabes? Si decides volver a tener una relación con alguien, no debería ser un agente del orden.

—¿Aprobarías a Simon si tuviera un fondo fiduciario?

—No te hagas la lista conmigo, Risa.

—No me lo estoy haciendo. Pero ¿no es eso lo que miras, el sueldo de Simon?

—Ésa es una parte. Pero mira lo que ha tenido que hacer hoy, detener a esos ladrones; es peligroso. ¿Quieres salir con un hombre que podría morir?

—Estuve casada con un hombre que murió.

De nuevo un silencio tenso, hasta que por fin Carmen respondió.

—No sé qué te ha dado últimamente, Risa, no eres la de antes.

—Estoy intentando mantenerme en pie; es importante para mí.

—Por eso necesitas encontrar a alguien como Todd que te dé seguridad. Entonces no tendrías que preocuparte por ser tan independiente.

Risa ya había intentado antes romper el aura en que tenía envuelto su madre a Todd, pero nunca lo había logrado.

—Todd me daba seguridad, mamá, pero intentaba controlarme. No me quería como un marido debe querer a su mujer.

—Exageras. Siempre has sido demasiado sensible. No sabes la suerte que tuviste de tener a Todd.

De algún modo, Risa sentía que no podría tener aquella conversación con su madre en persona y le pareció más sencillo por teléfono, quizá porque así tenía toda su atención.

—¿Tú fuiste feliz en tu matrimonio? —le preguntó, en lugar de discutir, provocando de nuevo el silencio.

—Tu padre nos mantuvo a mí y a todas vosotras. Eso es lo que debe hacer un marido.

—Quiero mucho más que eso de un marido. Quiero ternura y comprensión.

—Tu problema es que eres demasiado romántica. Creo que has leído demasiadas de esas novelas. Criar hijos es más caro de lo que lo ha sido nunca, y si crees que lo puedes hacer tú sola con el sueldo de maestra estás muy equivocada. Además, si estuvieras casada con un hombre con dinero suficiente, podrías quedarte en casa con Francie.

—Nunca vamos a estar de acuerdo en

esto, mamá. Yo no era feliz con Todd, y si alguna vez me vuelvo a casar, me aseguraré de que sea con el hombre adecuado.

—¿Y crees que Simon Blackstone es el hombre adecuado?

—No lo sé. No sé si lo conozco aún, pero parece sincero y honesto.

—Tiene una reputación. Sale con muchas mujeres.

—Me ha explicado sus razones. Y ya no sale con nadie.

A Risa le pareció oír farfullar a su madre, quien por fin suspiró.

—Tráetelo el domingo, venid a cenar los dos. Ya iréis al lago en otra ocasión.

—Mamá...

—Es importante, Risa. Lucy y Dom celebran su aniversario y les voy a hacer una tarta. No deberías perdértelo.

—He aceptado la invitación de Simon y no quiero cancelarla. Pero le preguntaré si quiere ir a cenar. Si dice que sí, te llamo.

—Y si no llamas, ¿tendré que aceptar que mi hija pequeña ya no quiere formar parte de esta familia?

—Te llamaré de cualquier forma. Pero decida lo que decida, siempre seré parte de la familia Lombardi. Te quiero, mamá, pero no estoy tan apegada a la tradición como tú.

—Si no vienes a cenar el domingo, será

sólo el principio. Al cabo de un tiempo, dejarás de venir por completo.

—Eso no es verdad. Nunca estaré demasiado ocupada para pasar tiempo contigo y con Lucy, Dom y Janetta.

—¿Aunque empieces a salir con ese... sheriff?

—Si empiezo a salir con *Simon,* hay sitio en mi vida para todos vosotros.

—Ya veremos.

Risa tuvo que sonreír al pensar que su madre nunca cambiaría.

Simon estuvo de acuerdo en ir a cenar con la familia de Risa, aunque no sabía muy bien por qué. Quería estar a solas con ella a pesar de que, cuando lo estaba, su autocontrol escaseaba. No estaba seguro de que ella estuviera preparada para algo más que algunos besos, aunque tampoco estaba seguro de estarlo él.

Cuando llegaron a la casa de los Lombardi, Carmen lo volvió a mirar de reojo. Era obvio que se había resignado a su presencia y le preguntó si quería tomar algo antes de cenar. Pero, antes de que pudiera responder, le sonó el teléfono móvil y vio que era uno de sus ayudantes, así que, tras disculparse, salió de la cocina.

—¿Qué pasa, Anson?

—Unos gamberros, que han hecho *grafittis* en el depósito de agua. Creí que querrías saberlo.

—Nos vemos en el depósito en cinco minutos —contestó él, que sí quería saberlo, pero hubiera deseado que fuera en otro momento.

—¿Problemas? —le preguntó Carmen cuando Risa y él entraron en la cocina.

—Eso me temo. Me voy a tener que ir.

—¿Volverás para la cena? —le preguntó Risa, en un tono que decía que la decepcionaría que no lo hiciera.

—No sé cuánto me llevará, probablemente una hora. No me esperéis por si acaso, me pasaré por aquí cuando termine.

—Te guardaré algo caliente —dijo Carmen, que miró a Risa y de nuevo a él—. Asegúrate de parar aquí para tomar algo bueno de cena.

—Me aseguraré.

Quería darle un beso de despedida a Risa, pero con su madre mirando y viendo que lo iba aceptando poco a poco, no quería desagradarla, así que en su lugar le dio la mano y se fue a su coche.

Regresó una hora y media más tarde y la familia Lombardi estaba ya con el postre. Había una silla vacía frente a Risa y al lado de David.

—Mamá te ha guardado un poco de cada —le informó Lucy mientras le señalaba la silla.

Risa ya estaba sacando una bandeja del horno y sonrió al servirle el plato.

—*Braciola* con patatas gratinadas.

La *braciola* resultó ser un redondo relleno de queso, y parecía exquisito. Al probarlo, notó cómo Carmen lo observaba.

—Está delicioso —comentó él—. Le ha debido de costar mucho prepararlo.

—Me he levantado pronto esta mañana —admitió ella—. Me encanta cocinar, me da algo que hacer —dijo, y añadió con una sonrisa—. Hasta que tenga que cuidar de Francie.

—¿Vas a volver al colegio cuando empiece el dieciséis de agosto? —preguntó él, asombrado, a Risa, pues sólo faltaba una semana.

—No volveré hasta octubre. Tengo que hacerlo —repuso ella llanamente, y él lamentó haber sacado el tema.

—¿Qué quiere decir que tienes que hacerlo? —preguntó Carmen—. Todd no tenía más familia; todo fue para ti.

—Todd me dejó facturas, mamá. Por eso me mudé con Janetta. Necesito volver a dar clases para ponerme al día con los pagos.

La madre pareció atónita y Simon no sabía si había abierto la caja de los truenos o si había hecho algo bueno, pues quizá ya era hora de que Carmen comprendiera la realidad de la vida de su hija. Él todavía quería saber cosas sobre el matrimonio de Risa, pero ésta tenía que confiar en él para contárselo y no estaba seguro de que aún lo hiciera.

—¿No le habías traído un regalo a Francie? —preguntó Risa para romper la tensión.

—Casi lo olvido —comentó Carmen intentando sonreír, mientras seguía absorbiendo lo que le acababa de contar su hija. Tomó a Francie en un brazo y con la otra mano le dio la bolsa a su hija pequeña.

—Le estará bien cuando crezca —le dijo, guiñándole un ojo.

—Me voy fuera —dijo de repente David, que empujó su silla hacia atrás y se levantó.

—Cariño, con el calor que hace. ¿No quieres ver lo que está abriendo Risa? —le preguntó Carmen.

—No, son cosas de bebés, no me importa. Voy a practicar unos lanzamientos en el garaje.

David había estado en silencio desde que Simon se sentó a su lado, y, cuando puso las manos en la mesa para sacar la silla, el sheriff vio algo que lo preocupó. Risa desenvolvía el regalo y todo el mundo tenía los ojos puestos en ella.

—Parece que has estado pintando —le comentó Simon a David, al ver restos de pintura roja bajo sus uñas.

—Pinto aviones de aeromodelismo —se defendió el chico, tras ponerse nervioso al principio—. Se me ha caído una botella de pintura y me he puesto perdido al recogerla.

Simon reconoció que era una explicación plausible, pero también sabía que podía haber otra. Quienquiera que hubiera pintado el depósito de agua, lo había hecho con pintura roja. No había habido testigos ni habían dejado rastros ni pistas. Fueran quienes fueran, eran buenos. Simon pensó que quizá luego podría preguntar a Lucy si David había estado en casa la noche anterior. Risa terminó de abrir la caja y sacó un vestido rosa con más volantes de los que pudiera contar.

—Estará tan guapa —decidió Carmen, orgullosa—. También tenían unos zapatitos de charol, pero no creí que le fueran bien. ¿Has visto la diadema?

—Sí, mamá —contestó Risa al ver una diadema rosa con más volantes y un lazo—. Es precioso. Gracias.

Se levantó para abrazar y besar a su madre, aunque Simon vio que en sus ojos no había el entusiasmo que había en los de su madre y se preguntó por qué.

Quince minutos más tarde todo el mundo estaba en el jardín excepto Risa, que estaba dando el pecho a Francie antes de meterla en la cuna portátil que le había preparado Carmen para que pudiera dormir. Simon echaba de menos su presencia cuando no estaba con él. No podía recordar haber echado de menos de aquel modo a ninguna mujer. Para distraerse, se dirigió a Lucy, que estaba jugando a la pelota con Mary Lou.

—¿Necesitáis un tercero? —preguntó.

Mary Lou, que tenía la pelota, se la lanzó, y Lucy se rió.

—Le encanta jugar con alguien más que no sea yo. Yo siempre hago lo mismo.

—Imagino que será difícil mantener a los chicos ocupados. Cuando Risa y yo preparábamos la campaña de seguridad pública, me contó que mantienen la atención quince minutos como mucho.

—Eso es cierto en los más pequeños. David ya aguanta más tiempo en una actividad.

A Lucy le encantaba hablar de sus hijos, así que no supuso ningún problema que charlara sobre David, ni levantó ninguna sospecha.

—David me ha dicho que le gusta pintar maquetas de aviones.

—Y de coches y barcos. Es un desastre.

126

—¿Ya anda con ordenadores?

—Ah, sí, ayer se tiró toda la tarde jugando a esos juegos. Dice que tiene amigos con los que juega *online*.

—¿Duerme a menudo en casas de amigos? —preguntó para asegurarse, aunque parecía que había pasado la noche en casa—. He oído que a los chicos les gusta eso.

—De vez en cuando. Hace un par de semanas pasó el fin de semana con un amigo.

—Supongo que tendrá una pandilla con los que sale.

—Su profesor me ha dicho que le gusta salir con chicos mayores, y no sé si eso es bueno o malo.

Simon tampoco lo sabía, pues dependía de si los chicos mayores eran buena o mala influencia. Cuando le tiró la pelota a Mary Lou, la sobrepasó y la niña salió correteando tras ella. Lucy se estiró y arqueó una ceja.

—Buf, hace mucho calor aquí. Yo voy a beber algo. ¿Te apetece un té helado?

—Suena bien.

Estaba casi anocheciendo cuando Simon ayudó a Risa a meter a Francie y todas sus cosas en casa. Aquélla había estado toda la tarde más callada de lo habitual, y Simon se preguntó si le ocurría siempre en las cenas

127

familiares o si habría algo que la preocupaba.

Francie se había puesto caprichosa un rato en casa de los Lombardi, pero ahora dormía plácidamente de nuevo. Simon metió su sillita con ella dentro en el salón y la dejó en el sofá, donde Risa la desabrochó y la tumbó en su cuna. Se agachó y le besó la frente.

—A veces todavía me cuesta creer que sea mía.

—Tu madre la adora. Se muere de ganas de cuidarla cuando vuelvas a trabajar.

—Lo sé —contestó ella, con tono preocupado.

—¿Qué pasa?

—Es la actitud de mi madre respecto a los hombres, las mujeres, los niños y las niñas —contestó ella estirando un volante de la cuna—. Los pone en compartimentos diferentes y que Dios se apiade de ellos si intentan salirse. Me da miedo que Francie crezca así.

Había colocado la bolsa de su madre en el sofá. La levantó y sacó el vestidito.

—Esto es precioso y me muero de ganas de que crezca para ponérselo.

—¿Pero?

—Pero mi madre va a querer que lleve siempre zapatos de charol y vestidos recargados. También querrá que tome clases de ballet.

—¿Tiene algo de malo? —preguntó él, sin poder evitar sonreír.

—Depende. Si Francie tiene talento para el baile y quiere ser bailarina, si le gustan los vestidos recargados, no hay problema. Pero si es más machota, le gustan los vaqueros y quiere jugar en la liguilla o ser piloto, quiero que también tenga la oportunidad. Quiero que sepa que puede hacer cualquier cosa y que no tiene que reprimirse por lo que otra gente crea que son funciones de hombres y de mujeres.

La única luz de la habitación era la de la lámpara de la mesa, y las sombras alrededor de ellos proporcionaban un ambiente íntimo. Simon pensó que había guardado admirablemente las distancias durante todo el día cuando lo único que quería era estrecharla entre sus brazos, saborear su dulzura de nuevo y perderse en pensamientos de lo que podrían hacer juntos. Entonces se acercó a ella y la giró para que lo mirara.

—Tú eres la madre, Risa, *tú* vas a ser su mayor influencia y su principal profesora. Si aprende de ti que puede ser lo que quiera, no tienes que preocuparte de la influencia de tu madre, de tu hermana ni de nadie.

—Pero si está con mi madre todo el día todos los días hasta que vaya al colegio...

—Estará contigo todas las tardes y las

noches, y los fines de semana y los días de fiesta y todo el verano. Y si es tan lista como creo que va a ser, pronto se dará cuenta de que el mundo de tu madre es muy pequeño mientras que el que tú quieres mostrarle es muy amplio. Creo que te estás preocupando demasiado.

—Mis preocupaciones son legítimas —protestó ella, con una expresión de cautela que él no comprendió.

—Claro que sí. Pero creo que a lo mejor te estás centrando en ellas porque no quieres centrarte en la química que hay entre nosotros.

—A veces pienso que tú ves demasiado —comentó ella, casi en un susurro, a medida que iba estando menos a la defensiva—. Eso me asusta, Simon, junto con la química.

Éste vio que ella se esforzaba por comprender el lazo que crecía entre ellos, por comprender el fuego que ardía cada vez que se tocaban o se besaban. Con una perspicacia repentina, supo que si no se echaba atrás en aquel momento, ella saldría huyendo. Pensó que tendría que olvidarse de aquella mujer con un crío, que necesitaba algo más que deseo ardiente de un hombre que no estaba seguro de querer ser marido o padre. Aunque le costó, no la tomó en sus brazos, no la besó, sino que se retiró.

—Gracias por invitarme hoy.

—¿Lo has pasado bien?

—Sí. Tienes que entender una cosa, Risa. Tu familia tiene sus peculiaridades, pero tienes una familia en la que se preocupan los unos de los otros. Tienes suerte en eso.

—Sí, supongo que sí —admitió ella, ruborizándose.

—Te dejaré que te prepares para acostarte; no hace falta que me acompañes fuera.

Cuando ella asintió, Simon se preguntó si le había aliviado que no le hubiera sugerido otra cita. Él no estaba aliviado, sólo estaba nervioso por Risa y Francie y por cómo afectaban en su vida. Cuando salió de su casa, se dio cuenta de que necesitaba espacio, mucho espacio, pues si se metía en una relación en serio con Risa Lombardi Parker, nada volvería a ser lo mismo.

Capítulo siete

RA una noche calurosa. Los truenos rugían a lo lejos y los rayos iluminaban el cielo. A las dos de la mañana, Simon estaba más inquieto que nunca y al estar en una casa con aire acondicionado después de haber estado todo el día en una oficina con aire acondicionado, se sentía como un león encerrado.

Así que salió a sentarse al patio, reclinándose en una silla con las piernas en otra, y se quedó esperando a que empezaran a caer las primeras gotas, aunque sabía que aquellos truenos podían ser una falsa alarma, que los relámpagos podrían fundirse con los primeros rayos del amanecer, mucho alboroto para nada.

Al meditar aquello, se le ocurrió si el tronar de su libido y el calor que sentía cada vez que estaba cerca de Risa no serían también un fenómeno preparatorio. Se había mantenido alejado de ella la última semana y media, esperando que de aquel modo desaparecerían las imágenes de ella de su mente. Pero se había equivocado.

Teniendo en cuenta todo lo que había

pasado en las últimas semanas, Simon había decidido que ella no estaba lista para una relación si no era capaz de hablarle de su matrimonio. En un principio no había creído estar interesado más que en un revolcón. Sin embargo, al pensar en Risa pensaba también en Francie, e imaginaba el orgullo que sentiría viéndola crecer. Y, en medio de todo, recordaba cómo su madre había amado a su padre, cómo había sufrido mientras éste estaba en la cárcel y cómo había llorado tras su muerte. Durante todos aquellos años, Simon se había dicho que si el amor podía hacer aquello con una persona, no quería saber nada de él. Todos aquellos años había creído que su vida sería mucho más fácil sin ataduras.

El aroma de la noche anterior a la lluvia, el cielo nublado y gris, el rumor de las hojas de los arces sobre su cabeza llenaron sus sentidos hasta que de repente algo lo puso en alerta. La luz se encendió en la cocina de Risa, se abrió la puerta de atrás y oyó a Francie llorar. Se dijo que debería meterse en sus asuntos, olvidarse de que era su vecino, olvidar que había sido la primera persona en sujetar a Francie y olvidar que Risa lo excitaba más que lo que lo hubiera hecho ninguna otra mujer.

Pero Francie lloraba ahora con mucha más

fuerza y Risa le estaba hablando. Los sonidos viajaban rápido en el silencio de la noche y cuando oyó un ruido de llaves y el sonido del metal en la acera, se levantó y cruzó la verja de Risa para entrar en su jardín.

—¿Qué haces? —le preguntó al verla sacar la sillita de coche de Francie, y Risa soltó un grito ahogado de sorpresa—. Lo siento, no quería asustarte. Estaba sentado en el patio y te he oído…, bueno, la he oído.

Los gritos de Francie llenaban el aire y Risa recogió las llaves del suelo y volvió a levantar la sillita de coche.

—Tengo que ir a la tienda; abre toda la noche. Me he quedado sin pañales. Ha estado tan pesada estos últimos días que no me había dado cuenta.

Bajo la luz del porche, Simon vio que Risa parecía agobiada. Se había recogido el pelo en una coleta y tenía mechones sueltos por la cara. Bajo la dura luz, vio que tenía ojeras y parecía más delgada, quizá demasiado.

—¿Qué está pasando, Risa? Parece que no hayas dormido en una semana.

—No he dormido mucho —admitió ella, mientras le metía el chupete a la niña en la boca—. Janetta debía haber vuelto pero ha pasado algo con los ordenadores y se ha tenido que quedar. Francie lleva un día y medio con cólico. De verdad no tengo tiempo para hablar, Simon; además de los pañales tengo que comprar unas gotas que me indicó el médico para el cólico.

Sin dudarlo, Simon le quitó la sillita de las manos.

—¿Qué haces?

—Voy a llevarte.

—No empieces, Simon —se negó ella, agarrando de nuevo la sillita—. Ya me has rescatado demasiadas veces. No sé por qué piensas que tienes que venir corriendo y asumir...

Empezó a temblarle la voz y se mordió el labio. A pesar del susto del falso parto, la intensidad de las contracciones cuando al fin habían llegado y el dolor del verdadero parto, Simon nunca la había visto tan al borde de las lágrimas. Había oído que las hormonas de las mujeres no se arreglaban enseguida después de dar a luz y que la depresión posparto afectaba a más mujeres de las que se pensaba. Sin embargo, algo le dijo que Risa no deseaba que la consolaran, y que aquello sólo pondría las cosas peor.

—Si no dejas que te lleve, tendré que arrestarte.

—¿Qué?

—Estás bajo la influencia, Risa.

—No he tomado...

—No, no has bebido nada; estás bajo la

influencia de un bebé. Te ha necesitado veinticuatro horas al día desde que nació. La has cuidado tú sola y has hecho un trabajo fantástico, pero no estás en condiciones de conducir hasta una tienda en mitad de la noche. No me gustaría que me llamaran por un accidente o algo peor sólo porque no has tenido el sentido común de dejarme conducir.

—No te llamarían; no estás de servicio.

—Siempre estoy de servicio. Pueden llamarme las veinticuatro horas y gracias al marujeo de Cedar County te aseguro que me llamarían si te ocurriera algo.

—Estoy cansada de sentirme en deuda contigo, Simon —confesó ella.

—No estás en deuda conmigo —la reconfortó él, que la vio preocupada—. Si yo necesitara que alguien me llevara a la tienda en mitad de la noche, ¿lo harías?

—Sabes que sí.

—De acuerdo entonces. Sé práctica; los dos estamos despiertos. Si conduces, me quedaré sentado en el patio preocupándome hasta que vuelvas.

—¿Te preocuparás?

Parecía sorprendida de verdad, y él deseó abrazarla y besarla con pasión.

—Sí —contestó sucintamente.

Como ella parecía titubear, él se aprovechó de su indecisión y le agarró la mano.

—Podemos ir en tu coche para que no te sientas en deuda también por la gasolina.

Risa casi sonrió a aquello y dejó caer las llaves en su mano.

Cuarenta y cinco minutos más tarde, Risa le había puesto las gotas a Francie y parecía más cómoda en el camino de vuelta a casa. Cuando abrió la puerta para dejar que Simon metiera a la niña, pensó que nunca antes había estado tan agotada, y no recordaba la última vez que había dormido más de dos horas seguidas. Al principio de llevar a casa a Francie lo había llevado bien, pero ahora la estaba sobrepasando.

—Tengo que cambiarla, y probablemente tendrá hambre pronto.

—Tiene los ojos abiertos —repuso Simon—. Parece que pasará una buena noche si el cólico la deja tranquila.

—Espero que pronto empiece a dormir con una sola toma. Tenías razón respecto a que estaba demasiado cansada como para conducir. Contaba con que Janetta ya estuviera en casa.

—A lo mejor podría venir tu madre y quedarse unas noches.

—No quiero pedírselo, pero quizá deba

hacerlo. Dije que quería llevar mi vida por mí misma, ¿no?

—Estás llevando tu vida por ti misma. Que necesites un poco de ayuda no te hace ser una mala madre; lo serías si renunciaras a toda responsabilidad.

Mientras colocaba las gotas en el mostrador, Risa pensó en la niñez de Simon.

—¿Qué edad tenías cuando fuiste a vivir con tu tía?

—Nueve, y como cualquier niño, nunca comprendí por qué se fue mi madre. Pero al verte cuidar tú sola de Francie, empiezo a hacerme una idea. Es tremendamente difícil.

Risa comprendió que le había ocurrido algo a Simon en su infancia que lo había marcado para el resto de su vida.

—Sólo porque tu madre te diera a tu tía para que te cuidara no quiere decir que no te quisiera. De hecho, probablemente fue la decisión más dura que haya tenido que tomar en su vida. Puede que lo hiciera porque te quería mucho; a veces el amor significa dejar marchar tanto como aferrarse.

Simon apretó la mandíbula y al fin agarró a Risa por el hombro y se la acercó. Después del día que habían pasado juntos en casa de la madre de Risa, ésta había esperado expectante que la llamara o visitara, y cuando no lo hizo, decidió que habría perdido el interés en ella y que si era de aquella clase de personas, era mejor no volverlo a ver. Aun así, lo echaba de menos, más de lo que hubiera creído. De vez en cuando miraba por la ventana para verlo entrar en casa, ver cómo se encendían y apagaban sus luces, y lo imaginaba con otras mujeres más bellas que ella, que podían confiar en él porque era una persona en la que era fácil confiar, y que podían acostarse con él porque sólo querían pasárselo bien. Sin embargo, no parecía haber llevado a nadie a casa, aunque aquello no implicaba que no estuviera con nadie.

—¿Qué tienes en la cabeza? —le preguntó él con voz ronca.

—Me preguntaba si en la última semana habrías encontrado a otra persona.

Simon le apretó la mejilla con su enorme mano, y su aroma invadió a Risa.

—Por alguna razón estúpida no puedo concentrarme en ninguna otra mujer. Me has calado hondo, Risa. ¿Y yo a ti?

Ella pensó que sería absurdo decir que no, o alejarlo de su vida. Sentía una conexión con él que no había sentido con ningún otro hombre, y que a veces la aterrorizaba. No deseaba aquella conexión, aunque había algo en ella que parecía estar bien.

—Sí, te he calado —contestó él mismo,

alegre y preocupado al mismo tiempo, mientras con el pulgar le acarició el rostro por debajo de los ojos—. Estás agotada, ¿verdad?

—Sólo necesito dormir un par de horas. Espero hacerlo después de darle el pecho.

—¿Qué te parecería dormir más que un par de horas?

—No creo que eso suceda hasta que crezca un poco más —contestó ella forzando una sonrisa.

—¿Ya toma biberón? —indagó él señalando con la cabeza a los biberones limpios que había en el fregadero.

—Sí.

—Bien; entonces vete a la cama. Yo me quedaré con ella y le daré de comer.

—Tienes que trabajar mañana.

—Puedo tomarme la mañana libre. Soy el sheriff, ¿recuerdas?

—Ya has hecho bastante, Simon.

Él acercó su cara a la de ella hasta que sus labios estuvieron casi pegados.

—No lo suficiente —murmuró, y la besó suavemente. No fue un beso con fuerza, pero fue enormemente sensual—. Vete a la cama. Yo me quedaré en el sofá. Si a Francie no le gusta que yo la cuide te lo haré saber, o lo hará ella.

El hecho de tener a Simon en casa en

mitad de la noche le dio una sensación de seguridad que nunca había sentido, y la idea de poder dormir más de dos horas era un regalo que no podía rechazar.

—Sabes que el pago por esto debería ser por lo menos una semana de comidas caseras.

—Quizá preferiría otra cosa como pago —repuso él con una voz profunda que le hizo sentir escalofríos.

En aquella ocasión, Risa no quiso huir de la sensualidad que había en ella, y pensó en acoger a Simon y todo lo que quisiera ofrecerle. Aunque sabía que no debía ni siquiera pensar en ello durante unas semanas más, y él también lo sabía.

—Hay leche en una jarra en la nevera. Métela en agua caliente y...

—Te he visto hacerlo —la cortó él, y la empujó hacia las escaleras—. El tiempo pasa; vete a dormir mientras puedas.

Antes de subir las escaleras, Risa se giró para echarle una última ojeada. Sabía que si conseguía dormir, sus sueños serían sobre él.

Cuando se despertó, Risa vio que el sol brillaba y se colaba por la ventana de su habitación. Al sentarse, olió a café y algo aún mejor que no sabía qué era. Miró el reloj de su mesilla y vio que eran las diez de la mañana, y le reconfortó pensar que no había dormido tan bien desde mucho antes de que naciera Francie. El ruido de platos en la cocina le hizo darse prisa. Se dio una ducha rápida, se vistió con un conjunto de pantalón corto de flores y bajó corriendo a darle los buenos días a su hija y a Simon.

Cuando entró en la cocina, éste estaba volteando tortitas mientras le cantaba una nana a Francie. La pequeña estaba medio adormilada en su sillita mirando a Simon, tan guapo como siempre con su uniforme. Risa se preguntó cómo lo habría logrado y temió que hubiera dejado sola a su hija. Con la última tortita ya en el plato, Simon se giró.

—Me he llevado a Francie un momento para recoger mi harina para tortitas y mi uniforme. No la he dejado sola, si es eso lo que estabas pensando.

Risa sintió calor en las mejillas y se preguntó cómo la conocía tan bien. Entonces se acercó a Francie para sujetarla en brazos y vio que también tenía ropa limpia.

—Supongo que también la has cambiado.

—Me imaginé que si yo necesitaba cambiarme, ella también —repuso él con una sonrisa tan irónica como su voz.

—No pensé siquiera que lo fueras a intentar; como no estás acostumbrado a los niños.

—No es tan duro como pensaba. Supongo que le gusto.

Mientras colocaba a su hija de nuevo en la sillita, Risa decidió que no era la única.

—No deberías haberme dejado dormir hasta tan tarde.

—Te iba a llamar. Siéntate antes de que se enfríen; tengo que irme dentro de diez minutos.

—Creía que ibas a tener la mañana libre.

—Yo también, pero me han llamado hace una hora diciéndome que unos vándalos han vuelto a hacer pintadas. Por lo visto esta vez han pintado señales de tráfico, pero tenemos un testigo. Anson ya ha tomado las notas preliminares y yo voy a seguir.

Risa se dio cuenta de que lamentaba que se tuviera que ir, lo cual era extraño, pues nunca había echado de menos a Todd cuando se marchaba, incluso había sido un alivio. Sin embargo, le gustaba tener cerca a Simon.

Le aterrorizaba sentir tanto por él, pues tenía miedo de volver a equivocarse, de que toda su amabilidad no fuera realmente parte de él. Temía que aquella actitud de hacerse cargo de todo fuera su característica dominante, y que el resto no fuera más que una careta para conseguir gustarle y llevársela a la cama.

—¿Risa?

Se dio cuenta de que seguía de pie mientras las tortitas se enfriaban en la mesa, así que sacó una silla y se sentó. Él se sentó junto a ella y giró la sillita de Francie para que la mirara. Unos segundos más tarde, Simon agarró a Risa del brazo y ésta se encontró mirándolo fijamente a los ojos.

—Me quedan cinco minutos para irme, pero antes quiero preguntarte algo —le dijo, y ella sintió la mano cálida en su brazo y tembló por dentro—. ¿Crees que Lucy podría cuidar de Francie mañana por la tarde unas horas? ¿O tu madre?

—¿Por qué?

—Porque me gustaría que fuéramos al lago, nosotros dos solos. No es que no me guste la compañía de Francie, pero creo que te vendría bien un descanso y me gustaría pasar un tiempo a solas contigo. Podemos llevar algo para cenar y nadar.

Risa vio en los ojos de Simon que podría tener algo más en mente que nadar y se preguntó si ella también. Tomó aire y decidió que no iba a ser una cobarde, pues la vida consistía en disfrutar al máximo cada momento. Si era aquello lo que deseaba enseñarle a su hija, decidió que sería mejor ponerlo en práctica ella misma.

—Me gustaría ir contigo al lago. Llamaré a Lucy para ver si está libre.

Simon se echó hacia atrás y ella se sintió decepcionada, aunque la llama en los ojos del sheriff le decían que no lo estaría al día siguiente, no si tenía el valor suficiente para aferrarse a lo que fuera que estuviera creciendo entre los dos.

Cuando Simon revisó las notas de Anson algo en su interior le dijo lo que se iba a encontrar al acabar con la investigación y tenía que decidir cómo iba a manejarlo. Quiso interrogar al testigo y asegurarse de los hechos antes de dar el siguiente paso. El señor Truhenny vivía en la casa de la esquina donde habían pintado la señal. El anciano le ofreció un café cuando llegó a pesar de que la temperatura sobrepasaba los treinta y cinco grados, pero Simon lo rechazó y ahora miraba por la ventana del salón, desde la que había una vista completa de la señal, iluminada perfectamente por una farola.

—¿Dice que era cerca de medianoche cuando vio a los chicos en la señal? —preguntó, y se giró al hombre, que se había apoltronado en su butaca. Simon supuso que tendría unos setenta y cinco años.

—Acababa de bajar a por un tazón de cereales porque no podía dormir. Es normal estos días. Oí las risas de unos chicos y me asomé a la ventana del salón.

—Le ha dicho a mi ayudante que pudo ver a los chicos claramente —indagó Simon, consciente de que al tratarse de un hombre mayor podría tener dificultades en la vista.

—Perfectamente. Me operaron de cataratas hace cinco años, en los dos ojos, y desde entonces veo perfectamente. Así que no me equivoqué en lo que vi.

—¿Le importaría contarme lo que vio?

—Repasando las notas de su ayudante, ¿eh? No importa; es agradable tener algo de compañía. Vi a cuatro chicos; todos con bicicletas. El más alto era Joey Martin. Lo reconocí enseguida; ese pelo rubio suyo con crestas es inconfundible. Causó destrozos en mi jardín el año pasado, saltando mi verja por diversión, para ver si podía. Ya me hubiera gustado darle una brocha en su lugar. ¡Podía haberse hecho daño! Bueno, en cualquier caso era uno de ellos. El segundo era el nieto de Cap Grayson —continuó—. Es un pelirrojo que suele ir con Joey. A los otros dos no los conocía, pero me fijé en sus bicis. En la matrícula de uno de ellos ponía «Mike», y el otro tenía el pelo castaño muy corto por los lados y largo por arriba.

A Simon se le hizo un nudo en el estómago pues David Lombardi llevaba el pelo cortado de aquel modo.

—¿Se fijó en algo más de él?

—Sí, tenía una bicicleta verde, una de ésas caras de carreras, con un pañuelo en el manillar. No sé lo que significa, pero seguro que es algo.

—Muchas gracias por su ayuda, señor Truhenny —agradeció Simon mientras cerraba su cuaderno—. Si éstos son los chicos tras los que vamos, veré qué puedo hacer para enseñarles que con el vandalismo no se llega a ningún sitio.

Aunque Simon hubiera preferido marcharse enseguida, el anciano le volvió a ofrecer algo de beber, y aquella vez aceptó el café y escuchó sus observaciones acerca del vecindario. Mientras conducía camino del colegio media hora más tarde, le daba vueltas a la situación en la cabeza, y decidió averiguar las motivaciones de los chicos antes de imponer castigos. Quería enseñarles una lección, pero tampoco iba a hacer una montaña de un grano de arena.

Un cuarto de hora más tarde estaba en el despacho del director del colegio con los cuatro chicos. No sólo la descripción del señor

Truhenny coincidía con el aspecto de David Lombardi, sino que Simon recordaba haber visto su bicicleta aparcada en la casa de su madre. Era verde y tenía un pañuelo atado al manillar. Tras unas cuantas preguntas, no había ninguna duda de que aquellos chicos iban juntos, y cuando Simon les dijo que tenían un testigo, se derrumbaron. David no podía mirarlo a la cara.

Enseguida el sheriff se dio cuenta de que Joey era el líder y que los demás lo seguían.

—¿Qué queríais conseguir? —le preguntó a aquél.

—No sé, algo que hacer. No hay ningún sitio donde divertirse en esta ciudad.

Aquello era cierto. Había un parque con columpios para niños pero nada para chicos más mayores.

—Aunque hubiera un sitio donde pudierais meter unas canastas o jugar al fútbol, no estaría abierto a medianoche.

—A lo mejor —murmuró el pelirrojo— si tuviéramos algo que hacer en verano después del colegio no tendríamos que hacer algo a medianoche.

—¿Qué crees que pasaría si vuestros padres descubrieran que estabais por ahí fuera a medianoche?

Los cuatro miraron al suelo, y entonces David miró a Simon.

—Por favor, no se lo diga a mis padres, sheriff Blackstone. Se lo contarán a mi abuela y le dará un ataque.

—¿Por qué no quieres que se lo cuente a tus padres, David? ¿Porque te castigarán?

—No sé si lo harán —contestó él con sinceridad—. No quiero que..., no quiero decepcionarlos.

—¿Tienes miedo de que no vuelvan a confiar en ti?

David asintió, y se le veía disgustado. Simon sabía que podía hacer dos cosas. Podía llevarlos a todos a comisaría, llamar a sus padres y hacer una montaña de todo aquello. Años atrás quizá aquello habría funcionado, pues los chicos se habrían avergonzado y habría acabado allí, pero ahora no sabía si sus padres les impondrían algún castigo. Los chicos podrían ponerse desafiantes y causar todavía más problemas. Así que decidió que sería mejor tenerlos de su lado para que trabajaran con él en lugar de contra él.

—Podría meteros a todos en el calabozo por destrozar propiedad pública —los amenazó, y ellos abrieron mucho los ojos—. Pero no le veo el sentido, así que éste es el trato. No voy a meteros en el calabozo ni voy a llamar a vuestros padres, pero a cambio los cuatro vais a quedar conmigo en casa del señor Truhenny el sábado por la mañana.

149

Vais a pintarle la valla. Si hacéis un buen trabajo consideraré saldada vuestra deuda con la comunidad.

Simon vio alivio en los rostros taciturnos de los cuatro chicos, y, tratando de ganárselos aún más, continuó.

—Junto con eso, tenéis que prometer que os mantendréis alejados de los problemas y que no os escaparéis por las noches. Mientras tanto, yo intentaré conseguir apoyo para un centro juvenil. A lo mejor podríamos hacerlo en el colegio o el instituto. Así tendríais un lugar a donde ir y algo que hacer.

—Eso suena genial —aceptó David, que le sonrió por vez primera desde que lo conocía—. A lo mejor el señor Robson, el profesor de Ciencias, podría preparar algunos proyectos. He oído que hace cosas muy chulas con los chicos del instituto.

David acababa de confirmar lo que había imaginado Simon, que era un chico listo con demasiado tiempo libre y que necesitaba encauzarse y alguna actividad supervisada.

—Hablaré de ello con el director y la junta del colegio, y a lo mejor podemos tener pronto un programa e incluso un centro abierto todo el año —prometió, y miró a cada chico uno por uno—. Dejemos una cosa clara: si no estáis en casa del señor Truhenny a las siete y media de la mañana del sábado vendré a buscaros en el coche patrulla. ¿Entendido?

Los cuatro asintieron solemnemente.

Capítulo ocho

CON la nevera portátil en la mano, Simon miró a Risa, vestida de blanco y rosa, con una camisa a rayas y un pantalón corto. Por debajo, se le transparentaba el bañador y a Simon se le aceleraba el pulso cada vez que la imaginaba con él puesto. Ni siquiera la llamada que había recibido la noche anterior, con una oferta de empleo, podía desviar su atención de ella. El cielo estaba completamente azul, salpicado de algunas nubes esponjosas. Risa llevaba un bolso playero con las toallas. El pelo le caía por la cara mientras andaba y él se moría por retirárselo. Se moría por hacer de aquella tarde algo más que una simple cita. Nunca antes había pensado más allá de una noche con una mujer, y aquello aún lo desconcertaba. Pero no ver a Risa nunca más lo desconcertaba todavía más. Ésta se agachaba de vez en cuando a recoger las flores amarillas mientras caminaban por el campo lleno de hierba y flores silvestres.

—Ya queda poco —comentó Simon.

—Creo que nunca había estado en este lado del lago.

Cedar County Lake tenía aproximadamente un kilómetro y medio de ancho. En la parte este había una playa muy cuidada, con aseos y vestuarios, pero Simon la estaba llevando al lado oeste. Quería estar alejado de la gente, a solas con Risa.

El campo dio paso a un bosque de pinos, donde la temperatura era más baja, y el ruido del viento y de las ramas moviéndose obligó a Simon a aminorar la marcha para asegurarse de que Risa lo seguía. Así era, aunque parecía estar imbuyéndose también del paisaje.

Por fin llegaron al lago, donde no se veía a nadie. Escogieron un lugar bajo un roble, donde él depositó la nevera y extendió la manta que había llevado. Mientras, Risa lo observaba, y él se calentó al sentir su mirada sobre él.

—¿Qué quieres hacer primero? —le preguntó ella, con una mirada que le decía que no estaba muy convencida de estar allí con él.

—Vamos a darnos un baño. Así, si cae una tormenta, podremos recoger las cosas y comer en el coche.

En agosto eran habituales las tormentas nocturnas, y además un baño podría relajar el ambiente. Él estaba tan tenso como ella por múltiples razones, por el mero hecho de estar allí con ella, por la oferta de trabajo y por la situación con David. De hecho se había plantea do comentarlo con ella, pero aquello sería romper su palabra con el chico. Tenía la esperanza de que una buena dosis de trabajo duro y el pacto que había hecho con ellos cambiaría su búsqueda de aventuras en los lugares equivocados.

—Me cambiaré allí —dijo Risa, señalando unos cedros.

Era obvio que no quería quitarse la ropa delante de él, y aquel recato, aunque sorprendió a Simon, le gustó y admiró a Risa todavía más. Él en cambio no tuvo ningún reparo en tirar su ropa sobre la manta y mostrar su bañador negro. Decidió refrescarse mientras esperaba a Risa y se dirigió al lago. La espera le pareció eterna hasta que ella apareció con un traje de baño rosa fuerte y una figura que no parecía que hubiera tenido un hijo hace un mes. A pesar de que el agua estaba fría, Risa no dudó en meterse directamente.

—Está muy buena.

El agua medía cerca de metro y medio y le llegaba a Risa por los pechos, lo que forzó que Simon se excitara a pesar de que estaba el agua fría.

—Estás preciosa.

—He vuelto a hacer ejercicio y he vuelto a mi peso de antes del embarazo —explicó ella, sonrojada—. Pero no me siento igual.

—Has pasado por una experiencia que te cambia la vida —contestó él, que sabía a qué se refería, pues observaba que tenía los pechos más llenos y las caderas con más curva.

—Supongo que es parte de ello. Mi cuerpo ha cambiado, y también mi forma de pensar.

—Te ha costado dejar a Francie esta noche, ¿verdad?

—Quería venir —lo tranquilizó—. Pero sí que sentía como que estaba dejando parte de mí.

—Siempre os va a unir un lazo invisible a partir de ahora.

—He estado haciendo proyectos para cuando vuelva a trabajar en octubre. Quizá podría dar clases particulares hasta entonces.

—No quieres volver, ¿verdad?

—Me encanta enseñar, pero me gustaría estar más tiempo con Francie.

—Tu madre cuidará bien de ella.

—Lo sé. La va a convertir en una niña malcriada.

Los últimos rayos de luz se posaron en los reflejos rojizos del cabello de Risa, cuyos ojos brillaban de alegría por su hija y por la tarde que estaba pasando. Se oían risas lejanas, un fuera borda que arrancaba, los pájaros piando en los árboles. Todo ello constituía un fantástico telón de fondo para el creciente deseo de Simon por ella, que estaba a tan sólo centímetros de él. Aquella vez no pudo contenerse y la sujetó por los hombros.

—No puedo creer que por fin estemos solos.

—Ya hemos estado solos antes.

—No así.

—Simon...

Era una advertencia, pero aquella noche él no pensaba tomarla en consideración.

—No tengas miedo —susurró al tiempo que le tomaba la cara entre las manos.

A medida que el calor crecía entre ellos, ninguno de los dos pudo negar la química que los había estado tentando las seis últimas semanas. Simon habría retrocedido de haber encontrado alguna reticencia por parte de ella. Sentía su miedo, pero sabía que era un miedo a lo desconocido, no a él ni a lo que iban a hacer. Risa era tan femenina como cualquier mujer y si revivía su sexualidad para él, Simon sabía que los dos se quemarían. En aquel momento ansiaba quemarse. Rozó los labios con los de ella y la sintió temblar. Volvió a intentarlo, y cuando le mordisqueó el labio superior, ella gimió. Entonces le soltó la cara y la abrazó, acercándosela más. Los trajes de baño no fueron mucho obstáculo cuando él le abrió la boca con la suya y se la pegaba y le hizo saber lo mucho que la deseaba. Ella soltó un suspiro ahogado.

—Ya sé que es pronto —le murmuró él en el oído—. Está bien.

Le recorrió la espalda con la mano y estuvo tentado de bajarle los tirantes. Pero conocía a Risa, y sabía que no la iba a presionar. Quería que ella necesitara el contacto físico tanto como él. Con el último juego de lenguas, se separó y logró sonreír.

—Será mejor que nos refresquemos —dijo.

Ella pareció algo confusa y a él le pareció bien. Pensaba que si quería algo más, se lo daría la próxima vez. Le acarició el pelo, sonrió y se sumergió de nuevo en el agua. Risa se quedó mirándolo y se sintió decepcionada, excitada y vacía. Le resultaba muy extraño; había esperado no volver a necesitar un hombre en su vida y no quererlo. Sin embargo, echaba de menos a Simon cada vez que no estaba; cada vez que la besaba, quería más, y, aunque no estuviera acostumbrado a los niños, había aprendido rápido y se había hecho muy bien a Francie.

Aun así, había algunas preguntas sin respuesta. Se preguntaba si cambiaría si empezaban una relación seria, si su actitud de ponerse siempre al cargo se convertiría en una actitud de control, y si intentaría convencerla de que hiciera lo que él quisiera sin importar lo que ella quisiera.

Pero entonces decidió que se iba a olvidar para el resto de la noche y que se iba a divertir. Hacía mucho desde la última vez y de repente supo que con Simon podía hacerlo. Así que también se zambulló y nadó hasta donde estaba él, decidiendo vivir el momento quizá por primera vez en su vida. Tuvo problemas para quitar los ojos del cuerpo de Simon, cuyos anchos hombros parecían cubrir el sol y cuyo pelo mojado sobre la cara la intrigaba. El vello del pecho tenía gotas de agua que relucían, enfatizando la tersura de su piel. Cada vez que lo miraba su imaginación se volvía salvaje, y la intensidad de la mirada de él le decía que no era la única.

Jugaron como críos, hicieron carreras, aguadillas, el muerto, hasta que de repente el teléfono de Simon empezó a sonar de manera insistente.

—Será mejor que conteste —masculló tras perjurar, y le dio la mano al llegar a la orilla—. Vamos. De todas formas ya deberíamos cenar.

—A lo mejor te tienes que ir a la comisaría.

—No si puedo evitarlo.

Risa lo siguió a la orilla y se secó mientras él hablaba.

—No, eso no facilita mi decisión —lo oyó decir—. Una prima no es necesariamente lo que busco. Me dijo que me daría dos semanas para pensarlo. Lo llamaré cuando haya tomado una decisión o cuando finalice el plazo.

Simon terminó la conversación y arrojó el teléfono a la manta. Parecía preocupado. Risa terminó de secarse y se sentó en la manta junto a la nevera.

—¿Era de la comisaría?

Simon se quedó un momento en silencio, agarró una toalla con la que se secó rápidamente y se sentó a su lado.

—No —contestó al fin—. Era un hombre que tiene una empresa de ingeniería de estructuras en Tulsa. Me llamó anoche.

—¿Qué quería? —preguntó ella, a quien le latía con gran fuerza el corazón, y no sólo por la proximidad del sheriff.

—Me ha ofrecido un puesto como jefe de seguridad para su empresa. Tienen una planta de investigación y desarrollo además de inspectores en casa.

—¿Investigación y desarrollo?

—Están experimentando con nuevos materiales para construir, desde paneles solares a paredes hechas con fardos de paja. Me ha explicado algo. También me ha explicado que hay algunas patentes pendientes. Por eso necesita seguridad y me vio en las noticias.

—¿Y la empresa está en Tulsa?

—Sí. Quiere que vaya allí a visitarla.

—No he podido evitar oír algo de una prima.

—El sueldo es algo que nunca pensé que miraría, pero lo ha añadido para hacerme más atractiva la oferta.

—¿Y vas a hacer la visita?

—Debería. Después de esa conferencia de prensa que di, no sé qué pasará con las elecciones del año que viene.

—Tienes que pensar que los ciudadanos de Cedar Corners están orgullosos del trabajo que realizas.

—Puede que lo estén hoy, pero cuando vengan las elecciones a lo mejor lo que recuerdan es que mi padre fue un convicto que murió en prisión.

Aquello parecía una oportunidad fantástica para él, pero no parecía muy entusiasta.

—¿Quieres aceptar el trabajo? —le preguntó Risa.

—Tengo que pensarlo.

Aquello fue un mazazo para ella, que habría de seado que le dijera que no quería irse de Cedar Corners porque estaba ella ahí. Aunque lo cierto era que tampoco se conocían desde hacía tanto tiempo y un par de besos estaban muy lejos de significar un compromiso. Ni siquiera estaba segura de estar preparada para pensar en compromisos.

Mientras comían, la brisa cálida le secó la piel y el bañador. También a Simon, cuya piel bronceada y tersa le resultaba una distracción monumental. Le costaba mantener la mente en la conversación ahora que hablaban de cosas más mundanas.

—¿Sabes algo de Janetta? —le preguntó él, que agarró una lata y dio tres tragos largos.

Ella se quedó atontada con el movimiento de su garganta, su enorme mano en la lata y sus labios húmedos cuando acabó de beber. Entonces se peinó con las manos mientras pensaba en que la oferta de trabajo de Simon hacía más precaria cualquier cosa que hubiera entre ellos.

—Vuelve un día de éstos, aunque no supo decirme cuándo exactamente. Me muero de ganas de que conozca a Francie.

—¿Le gustan los niños?

—Dice que le encantaría tener un montón algún día, pero insiste en que quizá tenga que hacerlo ella sola.

—Eso podría ser algo duro.

—Está preparada para adoptar —contestó

ella con una sonrisa ante el tono irónico—. Incluso piensa en adoptar a niños mayores que son difíciles de colocar. Janetta siempre ha sido la rara de la familia; nunca sabemos lo que va a hacer.

—Si tiene que viajar mucho con su trabajo le va a ser muy difícil tener niños.

—Está esperando que la asciendan. Si lo consigue, supervisaría desde Cedar Corners. Creo que está esperando a ver qué pasa antes de tomar ninguna decisión.

—¿Y tú? ¿Te gustaría tener más niños?

—De momento me voy a concentrar en Francie.

—Los hijos son una responsabilidad que nunca dejas de tener —comentó él, acariciándole la mejilla con el pulgar, una caricia que la perturbó.

—Creo que nadie sabe lo grande que es esta responsabilidad hasta que se es padre. Tengo que pensar en Francie lo primero, por encima de todo y siempre.

—Sí, pero también tienes que pensar en lo que te hace feliz a ti. Si tú no eres feliz, ella tampoco lo será.

—La felicidad no es como una mariposa que se pueda atrapar.

—No, pero a veces me da la sensación de que te da miedo perseguir lo que te hace feliz.

Cuando ella empezó a mover la cabeza, él se acercó aún más y ella se quedó sin respiración. La miraba tan profundamente y con tanta ternura que tuvo que ser sincera con él.

—Cuando estoy contigo me siento feliz.

—¿Y cuando te beso?

Entonces la rodeó por la cintura y le apretó la espalda, de modo que ella sentía cada uno de sus dedos. También sentía el olor a pino, a hierba y a Simon, y pudo ver el deseo almacenado en sus ojos y se preguntó qué pasaría si lo dejara salir. Entonces se rindió al calor del verano y a todas sus necesidades femeninas que luchaban por salir.

Tras su matrimonio con Todd, se había quedado tan paralizada que no sabía si volvería a sentir alguna vez. Sin embargo, con Simon sentía muchísimas cosas, cuando le separaba los labios con los suyos y su lengua jugaba con la de ella. Risa notó que tenía un cuerpo muy duro y musculoso cuando le acarició la espalda, y el gemido de él le indicó que le gustaba. Tocar y ser tocada le pareció tan fantástico como los besos. Su cuerpo intentaba absorber las sensaciones de la lengua de él explorando en su boca, su sabor a cola, su sabor a Simon. Al mismo tiempo, notaba cómo él le metía los dedos por los bordes del bañador, acercándose a los senos. Sin saber muy bien lo que hacía, ella también le metió los dedos por el borde del bañador. El estremecimiento de él recorrió todo el cuerpo de ella, quien nunca se había sentido tan salvaje y lasciva.

Los pájaros piaban en los árboles y los dulces aromas del verano tardío y de los pinos conformaban un perfume embriagador. El profundo beso abierto de Simon la desafió a dejarse llevar y disfrutar del placer entre los dos, dejando escapar los temores a lo que pudiera llegar después.

Cuando él dejó de besarla para mirarla a los ojos, Risa vio en ellos una pasión tan primitiva que susurró su nombre. Él pareció tomárselo como una luz verde puesto que la tumbó en la manta y se puso sobre ella, besándole a continuación la mejilla, el cuello, hasta llegar al tirante del bañador, que le bajó con la boca. Sumida en el deseo, ella le apretó el trasero.

—Despacio, Risa —murmuró él—. No tengo tanto control.

De repente Risa decidió que debía parar aquello. Si hacía caso a su reputación, Simon había tenido un montón de mujeres. Incluso podría mudarse a Tulsa. Además, no sabía si podía confiar en que no cambiara. Se preguntó qué pasaría si simplemente la deseara porque ya había pasado por todas las mujeres de Cedar Corners y ella estaba a mano, si aquello no fuera para él más que una aventura de verano, una forma diferente de pasar los días que se habían tornado demasiado largos.

Entonces se imaginó a Todd dando un puñetazo a la pared y se puso rígida.

Simon debió de notar el cambio porque levantó la cabeza y preguntó.

—¿Qué pasa?

Ella cerró los ojos, esperando que se hubiera enfadado, que la culpara de todo y que se levantara y se fuera.

—Todo. Todo pasa muy deprisa. No debería estar haciendo esto.

—¿Por qué no? —preguntó él. No sonaba enfadado, pero sí impaciente.

—Porque tengo una niña pequeña en la que pensar. Acabo de empezar a mantenerme por mí misma...

Se calló de golpe, pues no quería dar explicaciones. Sin embargo, Simon era un hombre astuto y había llegado a conocerla muy bien en muy poco tiempo. Risa vio cómo volvía a controlar el deseo y sintió cómo alejaba el cuerpo.

—Háblame de tu matrimonio —le exigió él entonces.

En su lugar, Risa se sentó. Pensaba que hablarle de su matrimonio a Simon sería abrirse a él por completo y desnudarse en cuerpo y alma al confiarle sus debilidades y sus miedos. No podía hacerlo todavía; aún no confiaba en él lo suficiente.

—No quiero hablar de mi matrimonio.

—Eso ya lo has dicho —repuso él, que se sentó también al lado de ella, con un reflejo de rabia en los ojos, y se quedó callado.

—No puedo, no contigo. Todavía no.

—¿Todavía no? ¿O nunca?

—Todavía —murmuró ella, aunque no estaba segura.

—Lucy me contó que Parker te había dejado muchas deudas —comentó él, mirando hacia los árboles—. Y que tu madre sólo veía lo que quería.

—No tenía que haberte contado nada —contestó ella, que pensaba que su hermana tenía la boca demasiado grande, y por eso le costaba confiar en ella—. Son cosas mías, no suyas.

—No te fías de mí, ¿no?

—La confianza requiere tiempo.

—No —respondió él al instante—, yo creo que la confianza requiere acción. Piensa en todo lo que ha pasado desde que te llevé al hospital la primera vez. Piensa en mí agarrando a tu hija con mis manos. Piensa en besarme y en cómo consigo que te olvides del resto del mundo.

—¡Ni siquiera sé si vas a aceptar ese trabajo en Tulsa!

—Yo tampoco sé si lo voy a aceptar. ¿Cuál es el verdadero problema, Risa?

—Me voy a vestir —dijo ella, y se puso de pie.

—No me has contestado —la detuvo él antes de que pudiera dar un paso.

En aquel momento se sentía atrapada por cuanto había ocurrido en su matrimonio con Todd, por las decisiones que había tomado y por la atracción que sentía hacia Simon.

—El problema es, sheriff Blackstone —comenzó—, que acabo de tener una hija hace un mes, le estoy dando el pecho y mi cuerpo aún no ha recuperado la normalidad. No sé si soy una diversión para ti o la siguiente de la lista de mujeres disponibles en Cedar Corners. Y encima de todo, esperas montártelo conmigo como si fuera una adolescente un sábado por la noche. Acababa de empezar a poner mi vida en orden cuando decidiste que necesitaba tu ayuda. Y porque no te cuento cada detalle de mi vida te pones hecho una furia.

—No quiero conocer cada detalle de tu vida —repuso él, sin soltarla—, sólo los detalles importantes, sólo los que considero que afectan a lo que pasa entre nosotros.

—Deja de presionarme, Simon.

—Deja de huir de mí, Risa.

Risa se quedó estupefacta. Se preguntó si era aquello lo que hacía, huir de él. Si lo hacía, tenía un buen motivo; se estaba enamorando de un hombre con quien le gustaría pasar el resto de su vida. Se separó de él.

—Me voy a vestir. Creo que será mejor que me lleves a casa.

Se le llenaron los ojos de lágrimas mientras corría a los árboles en busca de intimidad. Necesitaba hacerse a la idea de que amaba a Simon de aquella manera. Tenía que repasar todo lo que había pasado y todo lo que había dicho, y entonces, decidir qué hacer al respecto.

Capítulo nueve

SIMON tiró los restos de comida conge-
lada a la basura. Sabía que se lo había
cargado. Había presionado a Risa más
de lo que había pretendido y no sabía muy
bien por qué. Efectivamente, su matrimonio
era asunto de ella. Aun así, el hecho de que
no confiara en él se le había clavado como
una espina. Reconoció que quizá tuviera
razones para no confiar en los hombres, en
especial en él, dada su trayectoria.

Sin embargo, ya no tenía trayectoria de
la que hablar. Si bien había salido con mujeres y se había acostado con ellas desde los
dieciséis años, con Risa se sentía como si
fuera la primera vez en todo. No le gustaba
la sensación pero sí le gustaba Risa. Cada vez
que estaba cerca de ella, su libido se volvía
salvaje y actuaba como si ella fuera la mujer
más caliente de la tierra.

Sin embargo, después del fiasco de la semana anterior en el lago, pensaba que lo más
probable era que ella quisiera mantenerse
alejada de él. Miró por la ventana por si veía
alguna actividad en la casa de al lado. Sabía
que Janetta había regresado el día anterior

porque la había visto llegar en su coche. Por la tarde las había oído reírse desde el porche, y en mitad de la noche se había preguntado si Janetta daría de comer a la niña por la noche para que Risa pudiera dormir. Sabía que no era asunto suyo pero aun así sentía como si lo fuera.

El sábado anterior, mientras vigilaba a David y sus tres compinches, se había sentido satisfecho observándolos pintar la verja del señor Truhenny. Se había sentido satisfecho por la idea de estar ayudándolos a encontrar de nuevo la senda correcta. Habían sudado y se habían cansado, y habían acabado sedientos y hambrientos al final de la mañana. Él les había comprado comida rápida que ellos se habían comido en la cocina del señor Truhenny mientras éste les contaba historias de una vida más sencilla en Cedar Corners. La semana siguiente había una reunión en el ayuntamiento en la que Simon pensaba aprovechar para exponer la idea del centro social y de crear programas para los chicos de Cedar Corners.

Al abrir la nevera, vio la botella de vino, el queso y las fresas que había comprado de camino a casa, haciéndose ilusiones, e imaginó que, si pudiera aclarar las cosas con Risa, asegurarle que podía ser paciente todo el tiempo que ella necesitara, quizá podrían descorchar la botella y hablar tranquilamente. Recordó haberla besado y acariciado, y cómo ella lo había parado. Cerró la nevera y fue a casa de Janetta Lombardi. Cruzó el jardín y llamó a la puerta trasera. Cuando salió Janetta, se sintió algo decepcionado.

—Simon, ¡dichosos los ojos! —lo saludó con una sonrisa.

Él le devolvió la sonrisa. Janetta tenía el pelo algo más claro que Francie y mucho más rizado, con un corte que le hacía la cara mucho más redonda. Era más alta que Risa y pesaba al menos nueve kilos más. Últimamente, Simon no podía evitar comparar a cada mujer que conocía con Risa.

—¿Cómo ha ido el viaje? —le preguntó, en absoluto interesado en hablar, pero consciente de que era la única forma de entrar en la casa.

—Largo, agotador y no sé si ha valido la pena. Espero que me asciendan después de esto. ¿Quieres pasar? Risa ha hecho unas galletas esta tarde.

—¿Está ocupada? —quiso saber al tiempo que entraba.

—¿Has venido a ver a Risa? —bromeó ella—. Y yo que pensé que habías venido a darme la bienvenida.

—Claro que sí. Pero también he venido a ver a Risa.

—Ya me he enterado de lo que has hecho. No sólo traer al mundo a Francie; también capturar a esos ladrones de bancos. Risa no habla mucho de ello, pero mi madre sí.

—Apuesto a que lo hace.

—He oído que consiguió que te comieras un montón de su lasaña —se rió ella ante el tono de él—. Creo que le caes bien. Habló de que te había prometido hacerte pan de salchichas la próxima vez que vayas.

Simon no sabía si habría una próxima vez. De repente se quedó paralizado al ver a Risa entrar en la cocina.

—Hola, Simon —saludó ésta con cortesía, y por su altivez Simon comprendió que no se lo iba a poner fácil.

—Me gustaría hablar con tu hermana en privado.

—¿Aquí? ¿O en tu casa? —sugirió Janetta.

—Yo no voy a ningún sitio —replicó Risa firmemente—. Acabo de acostar a Francie. Podría despertarse y...

—O puede que no —la cortó Janetta—. Ya la has cambiado, le has dado el pecho y la has acostado. Hay muchas probabilidades de que duerma hasta las diez como ayer. Vete con Simon y descansa un rato. Yo me encargaré de ella.

—Es mi responsabilidad. Sólo porque

estés en casa no quiere decir...

—Janetta siente haberse perdido las primeras semanas —cortó en aquella ocasión Simon—. Déjala pasar algún tiempo con su sobrina.

—Ya te estás ocupando otra vez —murmuró Risa.

—Es porque tenemos que hablar —contestó él cruzando la habitación y agarrándole la mano—. Vente conmigo a casa.

A Simon le pareció una buena señal el que ella no retirara la mano, y le llenó de esperanza el hecho de que tampoco retirara la vista. Risa llevaba una camiseta amarilla a cuadros y pantalón corto amarillo, y parecía la luz del sol. Aquello era precisamente lo que llevaba a la vida de Simon, pensó éste.

—Está bien —aceptó—. Deja que me despida de Francie e iré contigo.

De repente Simon se dio cuenta de que Risa nunca había estado antes en su casa, y minutos más tarde, cuando ésta observaba con atención su casita de soltero, se preguntó qué pensaría. Había persianas en todas las ventanas pero ninguna cortina. Iba una asistenta una vez por semana pero ahora había varios platos amontonados en el fregadero, una emisora de policía en la encimera y un montón de papeles en la mesa.

Sin hacer ningún comentario, Risa lo siguió hasta el salón. Simon había comprado los muebles en rebajas al comprar la casa. Había un sillón de denim, una mecedora de imitación de ante y una mesita de café de pino macizo. Encima del sofá había una vitrina con placas de sheriff y una huella de lobo gris en otra pared. Había encontrado una alfombra Navajo estampada enorme en un mercadillo, cuyos tonos rojos, ocres, verdes y azules animaban toda la habitación.

—Es muy bonito —apreció Risa.

—¿Te gusta?

La casa de Janetta estaba decorada con flores y colores naranjas y cremas, y Simon pensó que también podría ser aquél el gusto de Risa.

—Me gusta mucho. Es acogedora e informal.

—¿Quieres algo de beber? —le preguntó él mientras le indicó el sofá.

—No, estoy bien.

Simon no estaba muy seguro de que ella quisiera estar allí, puesto que se sentó en la esquina del sofá como si fuera a salir corriendo. Él se sentó a su lado y le rozó la pierna desnuda con el vaquero. Cuando ella se giró a mirarlo, vio la incertidumbre en sus ojos. Se sacó el teléfono móvil del cinturón y lo dejó en la mesita.

—Hay algo que quiero decirte —le dijo,

seriamente, manteniéndole la mirada—. Desde que te mudaste con Janetta en enero no he salido con nadie. No he querido salir con nadie, nadie que no fueras tú.

—Pero si apenas hablábamos —repuso ella, atónita con su confesión—. No me conocías.

—Ésa es la cosa, Risa, sentía como si lo hiciera. No en un modo completo. Pero te veía ir y venir, te oía hablar con Janetta en el jardín. Me sentía más atraído hacia ti de lo que me he sentido nunca por ninguna otra mujer con la que haya salido.

—Si ya se empezaba a notar mi embarazo.

—Sí, y eso también me intrigaba. Y las veces en que nos saludamos o hablábamos del tiempo, no sentí que el interés fuera sólo por mi parte. ¿Lo era?

—No —admitió ella al cabo de un rato—, no lo era. Yo también me había fijado en ti. No estoy segura desde cuándo. Estaba confusa cuando me vine aquí con Janetta, pero tú siempre eras muy amable cuando hablábamos... —se sonrojó, pero continuó—. Me quedaba sin aliento pero no quería admitirlo. Hasta que me agarraste en tus brazos ese día en el porche no me di cuenta de que lo que sentía en el estómago no tenía nada que ver con el embarazo.

Risa no tenía malicia y aquélla era una de las cualidades que tanto lo atraían. Simon empezó a acariciarle el cuello y subió hasta el pelo.

—Ven aquí —susurró.

Ella levantó la cabeza y lo miró, y a él no le hizo falta más. Cuando la besó en los labios, intentó retroceder, pero el deseo era demasiado fuerte. Cuando su lengua encontró la de ella, el beso continuó hasta que tuvo que separarse para que pudieran respirar. Necesitaba recuperar el control y simplemente se acercó a Risa y la abrazó. Ella tenía la mejilla contra su hombro y la mano en su pecho.

—Oigo tu corazón.

—Ahora está algo acelerado.

Risa levantó la cabeza y lo observó tan detenidamente que él se preguntó qué estaría buscando.

—Te he dicho que estaba confusa cuando me mudé con Janetta.

—¿Respecto a qué? —preguntó él, cuyo corazón seguía latiendo con fuerza pero ahora por un motivo diferente.

—Sabes quién era Todd —dijo ella, que se sentó recta—. Sabes la buena reputación que tenía.

Simon asintió. La carrera de Todd Parker como neurólogo y su filantropía había salido publicada en el *Cedar Corners Examiner* al convertirse en jefe de planta y también cuando murió.

—Lo conocí cuando fui a consultarlo por una de mis alumnas —continuó Risa, mirándose las manos en el regazo—. Aparte de sus problemas de lectura, tenía síntomas físicos que llevaron al enfermero del colegio a recomendarme que la viera un neurólogo, y su familia escogió a Todd. Fue muy amable conmigo, encantador, y mostraba preocupación al hablar de mi alumna. Después, me pidió que fuera a cenar con él.

Cuando se detuvo, Simon esperó, pues sabía que tenía que contárselo a su manera y con su tiempo.

—Ya conoces a mi familia, y ya sabes que lo que ves en casa es lo que se te queda. Yo crecí con eso, es como ha sido siempre. Supongo que era una ingenua, pero creí que todo el mundo sería igual. No salí mucho con chicos en la universidad; estaba demasiado ocupada con mis estudios. Además, tanto por mi fe como por mi educación estaba convencida de querer llegar virgen al matrimonio. Esperaba al hombre adecuado, al hombre perfecto. Todd parecía serlo. Mi familia, sobre todo mi madre, lo tenía idealizado. Hasta que me casé no me di cuenta de que el verdadero Todd Parker era muy distinto del hombre que me encandiló.

—Háblame de ello.

—Se volvió muy criticón —continuó ella, que se revolvió en el sofá y se alejó algo de él—. Hacía comentarios sobre todo lo que hacía y cómo lo hacía. Protestaba por la comida que le preparaba, hacía comentarios desagradables sobre mi ropa, cuestionaba el tiempo que pasaba haciendo trabajo que me llevaba a casa... No me daba cuenta de lo que pasaba, pero poco a poco fue minando mi autoestima.

Cuando se calló, Simon notó que estaba cada vez más tenso, aunque ya sabía que no iba a ser una historia bonita.

—Todd se volvió cada vez más exigente. En casa, en la cama. Me convenció para que dejara de dar clases y lo apoyara en su ascenso a jefe de planta haciéndome amiga de las esposas de otros médicos, metiéndome en organizaciones o jugando al *bridge* con las enfermeras. Un día, volví a casa de una partida de *bridge*, me senté en el sofá de nuestro precioso pero vacío salón y me pregunté en qué se había convertido mi vida. Me cuestioné todo lo que hacía. El hecho es que dejaba que Todd me dijera lo que tenía que hacer; parecía lo mejor para mantener la paz. Unas semanas después la especialista en lectura que me había sustituido en el colegio dimitió para irse a Arkansas con su marido y me llamó un profesor para decírmelo. Yo sabía que quería volver, sabía que quería hacer algo útil. Sabía que tenía que analizar mi vida y mi matrimonio y averiguar cómo hacerlo funcionar.

—¿Hablaste de esto con Parker?

—Lo intenté —contestó ella, sin mirarlo—, pero no quería oírlo. Se iba cuando algo no le gustaba. Pero no se pudo escapar del hecho de que le dijera que iba a volver a dar clases. Fue la primera vez que vi su ira.

—¿Qué quieres decir?

—Intenté hablarlo con él, pero terminó gritándome y diciéndome que ninguna mujer suya iba a avergonzarlo siendo maestra de escuela. Se marchó furioso esa noche y no volvió a casa. Me preocupé y llamé al hospital y luego a la policía. Pero Todd estaba bien. Había conducido hasta Oklahoma City y había pasado la noche allí, primero en un bar y luego en un hotel. Me pregunté si también se habría llevado una mujer a la cama, pero me convencí de no pensar lo peor de él. Cuando por fin volvió a casa la noche siguiente, todavía estaba enfadado. No me habló en una semana. Nunca nadie me había tratado así, sin hablarme, pero por fin vi lo que era, una forma de control. Le dije que por mí podía estar callado hasta el siglo que viene pero que yo iba a volver a dar clases.

—¿Al final lo aceptó?

—Lo aceptó —dijo ella, mirándolo por fin—. Pero no le gustaba, y aprovechaba la mínima oportunidad para señalar lo mucho que interfería en nuestras vidas. Nos alejamos cada vez más. Sus críticas eran constantes. Fui a ver a un consejero y me di cuenta de que mi educación me había preparado para una relación así. Mi madre siempre había creído que debía hacerlo todo para mi padre y eso era lo que él esperaba de ella. Nunca lo cuestionaba, nunca lo contradecía. Eso es lo que yo vi en su matrimonio.

—Así que caíste en el mismo patrón con tu marido.

—Durante un tiempo. Antes de despertar y ver en lo que me estaba convirtiendo. Ésa es una de las razones por las que volví a trabajar. Después de una semana de silencio, creí que lo había aceptado. Empezó el colegio pero me aseguré de tenerle siempre la cena preparada. Como normalmente él trabajaba hasta tarde, no tenía problemas para acabar yo mis cosas. Pero un día tuvimos una reunión en el colegio, y Todd sabía que yo estaba allí. Después de la reunión no me arrancaba el coche y me llevó a casa un profesor. Como llovía a cántaros me acompañó hasta la puerta con su paraguas. Cuando

Todd abrió la puerta, su expresión era...
—explicó, y agitó la cabeza—. No puedo
describirla; era una mezcla de celos, de actitud posesiva y de ira. Tuve miedo cuando se
fue Mark y me dije que aquello era ridículo.
Pero no era tan ridículo. Todd gritaba que no
me quería cerca de ese hombre, que quería
saber dónde estaba a cada momento. Me dijo
que la próxima vez que tuviera una reunión
en el colegio, él me llevaría y me traería.

—¿Cómo reaccionaste?

—No sabía qué hacer. Había hecho unos
votos. Siempre había estado entregada a
mi matrimonio. Pero estaba empezando a
tenerle miedo y supe que necesitábamos
asesoramiento. Aquella noche Todd se fue
y estuvo fuera hasta las tres de la mañana,
y cuando volvió durmió en la habitación de
huéspedes.

—Gracias a Dios —masculló Simon.

—Nunca me hizo daño, Simon. De
hecho... —miró hacia otro lado y volvió a
mirarlo a él— vas a pensar que soy idiota y
la mujer más débil que has conocido, pero
querías saber la verdad y aquí la tienes. La
noche siguiente, Todd vino a casa con flores
y una disculpa. Dijo que había tenido un
día duro y que el estrés se le había ido de las
manos, que estaba preocupado por dificultades financieras en el hospital, y lo creí. Pero

también sabía que necesitábamos consejo y se lo dije.

Entonces se apresuró con la historia, como si quisiera terminar pronto.

—Me besó. Me dijo que no necesitábamos consejo, que lo que necesitábamos era unas vacaciones en Las Barbados, que haríamos la reserva e iríamos para Acción de Gracias. Intenté protestar pero estuvo tan amable y tan tierno conmigo, y yo no quería romper mi matrimonio. Para mí mis votos lo eran todo. Hicimos el amor aquella noche. Pero después Todd me dijo que tenía un regalo para mí, y me dio un teléfono móvil. Me dijo que quería que lo llevara siempre conmigo para que pudiera localizarme siempre que quisiera. Fue entonces cuando supe que nada había cambiado. Necesitábamos ese consejero, y cuando se lo dije se volvió a enfadar. Pero esta vez no pensaba echarme atrás. Como no lo hice, se volvió loco y le dio un puñetazo a la pared. Me asustó tanto que no podía dejar de temblar. Creo que aquello le dio en algún sentido, y a mí también. Le dije que debíamos separarnos una temporada, que si quería ir al consejero iría con él, pero que hasta que se decidiera me iría a vivir con Janetta.

Fue el uno de octubre. Simon recordaba aquella noche y el accidente por el que lo habían llamado a la una de la mañana.

—¿Te fuiste con Janetta?

—Sí. Todd se encerró en su guarida y yo hice las maletas. Intenté hablar con él antes de irme, pero él no contestaba. Yo no me quería ir, pero sabía que allí no podía quedarme. Cuando me presenté en casa de mi hermana, no me hizo ninguna pregunta. Eran casi las dos cuando recibimos la llamada —siguió contando, casi con un hilo de voz y con lágrimas en los ojos—. El hospital no había conseguido localizarme en casa, y una enfermera recordaba el nombre de mi familia y llamaron primero a mi madre y luego a mi hermana. Cuando me fui llovía a cántaros, pero supongo que más tarde las calles estarían ya anegadas y Todd iba demasiado deprisa.

Se le quebró la voz y todo cuanto Simon pudo hacer fue tomarla en sus brazos y apretarla con fuerza. Entonces la besó y ella le respondió. El pasado se desvaneció y sólo importaba el ahora. Mientras la besaba, le acariciaba el rostro y se dejó llevar por el deseo, re creándose al sentir sus pezones duros contra el pecho. El mundo temblaba y Simon sabía que su vida iba a dar un vuelco. En aquel momento, no le importaba; lo único que le importaba era disfrutar con Risa y que ella disfrutara con él.

De repente le sonó el teléfono móvil. En un principio pensó en dejarlo sonar, pero la insistencia de las llamadas le hizo recordar su obligación y se apartó de Risa.

—Déjame ver quién es —murmuró—. Si no es importante, no contesto.

Era importante. Se trataba de Anson Foster, uno de sus ayudantes. Dio un último beso rápido a Risa y se incorporó en el sofá.

—¿Qué pasa, Anson?

—Nada bueno. Tengo aquí a unos chicos y sabía que te gustaría saberlo, sobre todo porque uno de ellos es el sobrino de Risa Parker.

—Dime —inquirió Simon, sudando de repente.

Mientras escuchaba, la rabia iba reemplazando al deseo. Rabia consigo mismo por haber pensado que podía encauzar a cuatro chicos por el buen camino, rabia contra David por hacer algo tan estúpido, y rabia contra los padres de David por no vigilar mejor a su hijo y por ser tan indulgentes.

—Enseguida estoy allí —le aseguró a Anson, y se volvió a Risa—. David está en comisaría.

—¿En comisaría? —repitió ella, completamente desconcertada.

Simon deseaba que aquélla fuera la primera vez que oía hablar de David y sus problemas.

—David lleva una temporada yendo con unos chicos mayores. Hoy el mayor del grupo ha intentado hacerle un puente a un coche en el aparcamiento de una tienda. En parte me siento responsable.

—No entiendo. ¿Un puente? ¿Para robarlo? —preguntó ella, casi sin poder creerlo.

—Probablemente más para darse un paseo. Parece que el coche es de un amigo de Joey Martin; es uno de los chicos con los que sale David.

—¿Cómo sabes eso? ¿Y por qué te sientes responsable en parte?

—No es el primer encuentro de la oficina del sheriff con David. ¿Te acuerdas de aquellos vándalos de los que te hablé, que hicieron pintadas en el depósito y en las señales?

—Sí. De hecho, te llamaron…

—La semana pasada por fin tuvimos un testigo que vio a los chicos pintar una señal. El señor Truhenny conocía a Joey y pudo describir a los otros y sus bicis. Fui a la escuela, los saqué de clase y me enfrenté a ellos. Uno de los chicos era David. Todos se arrepintieron y David me rogó que no se lo contara a sus padres. Pensé que simplemente tenían demasiado tiempo libre y necesitaban hacer algo constructivo. El sábado los supervisé mientras pintaban la verja del señor

Truhenny. Les llevó casi toda la mañana y parecían haber comprendido las consecuencias de portarse mal. Pero por lo que se ve la emoción de intentar algo nuevo les resulta más atractivo.

—¿Por qué no me lo contaste? —le preguntó Risa, tras alejarse de él.

—No podía. Tenía un trato con David, y pensé que una mañana pintando les enseñaría la lección y sería el fin de todo.

—No puedo creer que no me lo contaras a mí o a Lucy y Dom —se quejó Risa, que de repente lo miraba como si no lo conociera—. Si David hubiera estado en un coche conducido por un niño de doce años, podían haber tenido un accidente. Habría sido culpa tuya.

—En parte habría sido culpa mía —admitió él bruscamente—. Confundí mi criterio.

—Es más que un error de criterio, Simon. No sólo has puesto a David en peligro sino que has traicionado mi confianza. Me acabo de abrir a ti en cuerpo y alma, te he contado cosas que no le había contado a nadie, ni siquiera a Janetta. Me pediste que confiara en ti y lo he hecho.

—Risa, David no tiene nada que ver con nosotros.

—David tiene todo que ver con nosotros. Te has guardado información que concierne a mi familia.

—Estás sacando las cosas de quicio —dijo él, impaciente, al ver la cautela de nuevo en sus ojos y sintiendo la distancia que había vuelto a poner entre ellos.

—Sacando las cosas de quicio —repitió ella, negando con la cabeza—. Es lo mismo que decía Todd cuando no estaba de acuerdo con él.

Si bien comprendía que Risa estuviera disgustada, aquella comparación dolió a Simon.

—No tengo nada que ver con tu marido muerto. Si no ves eso, no vamos a ningún sitio.

—No tenemos ningún sitio a donde ir a partir de ahora —estuvo de acuerdo ella, y se puso de pie—. ¿Tu ayudante ha llamado a Lucy y Dom?

Simon no podía creer que Risa rompiera con todo lo que hubiera podido haber entre ellos tan fácilmente por su familia. Se levantó también y se metió el teléfono en el cinturón.

—Sí, tu hermana y tu cuñado están yendo a la comisaría —le informó, y la agarró del brazo al ver que se marchaba—. Te llevo.

—Ya me llevo yo —contestó ella, desafiante, al tiempo que se soltaba.

Capítulo diez

LA comisaría parecía una casa de locos cuando llegó Risa. Con Janetta cuidando de una Francie dormida, sentía que tenía que estar allí para apoyar a Lucy y Dom, que estaban de pie junto a su madre, sentada en un banco. Los padres de los otros chicos también estaban allí. Instintivamente, su mirada fue a parar a Simon, que había llegado antes y estaba hablando con Anson Foster con expresión severa. Cuando llegó donde estaban Dom y Lucy, Simon la miró, pero no cambió la expresión. Ella retiró la mirada y se sintió más traicionada que nunca, pues sentía que había confiado en él y que habían estado a punto de...

Acababa de dar un abrazo a sus parientes, que le contaron que una vecina estaba cuidando de Tanya y Mary Lou, cuando la voz de Simon llenó la habitación.

—Escuchen todos —dijo, y todo el mundo atendió—. Los chicos están con el agente Garrity en la sala de interrogatorios. No los está interrogando, sólo cuidando de ellos. Me gustaría que los padres se reunieran conmigo. Les voy a contar lo que nos han dicho los testigos y la dirección que debemos tomar con estos chicos antes de que se metan en líos más graves. Después quiero hablar con cada niño y sus padres por separado. Ése es el plan. ¿Alguien tiene alguna objeción?

La sala se quedó en silencio, hasta que Dom preguntó.

—¿Necesito llamar a un abogado?

—Primero vamos a hablar —contestó Simon, más calmado—. Después, ustedes deciden.

Aquello pareció satisfacer al grupo y enseguida los padres siguieron a Simon.

—Supongo que no puedo entrar con ellos —protestó Carmen.

—No, tendremos que esperar aquí —dijo Risa.

—No puedo creer que David haya hecho algo así. ¡Es un buen chico! Todo esto tiene que ser un error.

—No es un error —negó Risa, que se sentó junto a su madre—. David ya se había metido en líos antes, sólo que no lo sabíamos.

—¿A qué te refieres con que se había metido en líos?

Risa le explicó todo lo que le había contado Simon y, al acabar, Carmen la miraba con curiosidad.

—¿Cómo sabes todo eso?

—Me lo ha contado Simon.

—¿Cuándo?

—Esta noche, cuando lo llamaron para contarle lo del puente.

El tono de voz debió de reflejar su dolor porque su madre la miró con dulzura.

—¿Qué te pasa? —le preguntó.

—¿Que qué me pasa? Que Simon no creyó que yo necesitara saber lo que estaba ocurriendo con David. Si nos lo hubiera contado, lo de hoy no habría pasado.

—Eso no lo puedes saber.

—Sí que lo sé —protestó Risa, que lo último que podía esperarse era que su madre se pusiera de parte de Simon—. Lucy y Dom habrían hecho algo.

—¿Qué habrían hecho? ¿Mandarlo a su habitación con su ordenador y su televisión y todo cuanto pudiera desear? ¿Cómo habría evitado eso lo de hoy?

En aquel momento Risa se preguntó si Lucy y Dom habrían tomado medidas enérgicas con su hijo por el vandalismo o si habrían mirado para otro lado alegando que eran cosas de chicos.

—A mí me parece que Simon intentó enseñarles responsabilidad.

—Podía habérmelo contado y aun así enseñarles responsabilidad. Yo confié en él. Creí que teníamos algo especial, y me ocultó esto como si yo fuera..., cualquiera.

La sensación de traición era todavía tan fuerte que estaba al borde de las lágrimas. Carmen permaneció en silencio. Cada vez que Risa la miraba veía en ella una mirada de compasión que le decía que quizá sospechara lo que había en su interior.

La espera pareció interminable. Dom y Lucy se reunieron con ellas después de la reunión entre padres y sheriff. El primero en entrar fue Joey con sus padres, y cuando acabaron, los tres salieron del edificio con rostros muy serios.

—Tienen serios problemas —explicó Lucy con lágrimas en los ojos—. Esto va a permanecer en el expediente de David.

—Espera ahora —intentó tranquilizarla su marido, que le puso la mano en el hombro—. Veamos lo que nos cuenta Simon ahora cuando se reúna con nosotros —dijo, y miró a Risa—. Sólo nos ha contado los hechos, quiénes fueron los testigos y lo que vieron.

—¿Os ha contado lo del vandalismo? —preguntó ella.

—Sí —contestó Lucy mientras se secaba una lágrima—. Y ha dicho que tuvo un error de criterio al no hablar con nosotros antes. Pensó que ganarse su confianza y enseñarles una lección era todo lo que necesitaban.

Simon se había equivocado, pensó Risa,

pero ella también se había equivocado con él.

Quince minutos más tarde David se reunió con sus padres para hablar con Simon. Estaba pálido y las lágrimas recorrían su rostro.

—Parece que lo siente —susurró Carmen a Risa—. Es buena señal.

Risa no sabía si David lo sentía pero sí que estaba asustado. Estuvo segura de ello cuando los tres aparecieron por el pasillo. Lucy parecía destrozada.

—Tenemos que hablar con el juez mañana por la mañana. Él decidirá el castigo de David. Simon cree que es necesario que llevemos a casa la seriedad de lo que han hecho.

—Por mucho que odie hacer pasar a David por esto —continuó Dom—, sé que Simon tiene razón. No queremos que vuelva a suceder nada parecido; va a tener que haber cambios —dijo, y miró hacia su hijo, que los esperaba en la puerta—. Vamos a llevarlo a casa y hablaremos de normas. A lo mejor podemos imaginar cómo volverlo a poner en el camino recto.

Tras esto, se despidieron. Lucy dio un abrazo a su hermana.

—Gracias por venir. Sé que a mamá le ha venido bien que estuvieras. Se empeñó en venir con nosotros.

—Claro; es mamá.

Las dos hermanas intercambiaron tenues sonrisas, a pesar de que lo último que le apetecía a Risa era sonreír. Miró por detrás de Lucy y vio a Simon, cuya mirada no desprendía ternura ni amabilidad; era tan sólo la mirada de hierro de un hombre que cumplía con su trabajo. Se volvió a su hermana y, consciente de que Simon y ella no tenían nada que decirse, sugirió.

—Vamos a casa.

Nubes grises cubrían de nuevo el cielo del mediodía del jueves. Risa estaba a gusto dando de comer a Francie, pero incluso el cuerpecito de su hija tan cerca del suyo le hizo pensar en Simon, en el día que había llevado al mundo a Francie y el modo en que la había sujetado. Sintió cómo le daba un vuelco el corazón. El día anterior había esperado en el juzgado con Francie y su madre mientras David, Dom y Lucy hablaban con el juez. Habían estado allí media hora, y, al salir, Dom tenía gesto preocupado, Lucy regueros de lágrimas y David estaba pálido. El juez había sido severo y no había querido que David saliera impune, aunque había tenido en cuenta las recomendaciones del sheriff Blackstone.

Todos los sábados y bajo la supervisión de Simon, sus tres amigos y él debían ayudar a los ancianos de la ciudad con reparaciones y trabajos de jardinería. Además, el juez había decretado que los chicos pasaran cuatro horas a la semana trabajando en una organización de voluntarios. De la lista de posibilidades que le había mostrado a David, éste había escogido el refugio de animales. Todo aquello duraría seis meses, durante los cuales David debía informar a Simon una vez por semana de sus actividades. También Dom y Lucy debían imponerle un toque de queda y, si lo quebrantaba, tendría que ir de nuevo ante el juez. Risa se enteró de que los otros tres niños informarían a los otros dos ayudantes, y había pensado mucho en ello desde que su hermana se lo había contado.

Los truenos retumbaban fuera y las ramas de los árboles se movieron con un viento mucho más fuerte. Risa acababa de colocar a su hija ya dormida en su canasta cuando oyó que llamaban con fuerza a la puerta. Unos segundos más tarde, Simon gritó.

—Risa, ¿estás ahí?

Se le aceleró el corazón y se le llenaron los ojos de lágrimas, al tiempo que la inundaba un reguero de recuerdos, recuerdos tiernos, exasperantes e íntimos. Corrió a la cocina, abrió la puerta y vio que Simon vestía su uniforme, por lo que adivinó que se trataba de algo oficial.

—Estoy aquí —dijo, casi sin voz, mientras lo miraba a los ojos.

—¿Dónde está Francie?

—Durmiendo en el salón.

—Ve a por ella e iros al refugio contra tormentas. ¡Ya!

—¿Por qué? No...

—Aviso de tornados. Uno ha caído en el otro lado de Union City. Venga.

—No me gusta nada la idea de meterla en un sitio oscuro y húmedo.

—Oscuro y húmedo es mejor que una casa hecha añicos —replicó él, que entró, sudoroso y con aspecto de no poder más, y sacó dos botellas de agua de la nevera—. ¿Qué más necesitas aparte de pañales? —preguntó, mientras abría la despensa, donde sabía que los guardaba. Cuando ella no le contestaba, ladró—. ¿Qué más?

—¿Tan serias son las condiciones? —preguntó ella, alarmada por el tono de urgencia.

—¡Mira el cielo!

Había estado tan absorta en sus pensamientos y dándole el pecho a Francie que no había notado lo que acontecía en torno a ella. El cielo estaba mucho más gris, con un ligero tono verde, y las nubes eran enormes y bajaban cada vez más rápido. Simon no intentaba asustarla; estaba haciendo su trabajo y tenía mucha otra gente que proteger.

—Ya hay algunas provisiones en el refugio, una radio de pilas y linternas. Janetta cambió las pilas ahora en primavera. Voy a por Francie.

Simon pareció aliviado de que por fin comprendiera el peligro, pero Risa no encontró más que eso. Ella lo había terminado todo entre los dos, le había dicho que él había roto su confianza. En lo que a él se refería, había terminado. También había terminado para ella, pensó, aunque no estaba tan segura.

Aquel pensamiento fue demasiado doloroso. Corrió al salón, de donde sacó a su hija con su colchoncito y su mantita. Ahora se alegró de que Francie fuera demasiado pequeña para saber lo que estaba pasando. Sabía que ella tenía que permanecer en calma para que su hija no notara el miedo. Le dio un beso en la frente.

—Todo va a salir bien, cariño. Vamos a estar bien. Sólo vamos un rato a un lugar seguro.

Regresó a la cocina donde vio a Simon dirección a la puerta. El viento aullaba y las ramas se movían como látigos. El aire estaba pegajoso y Risa se sentía casi como en una sauna. De repente el sombrero de Simon salió volando y el sheriff emitió una maldición, pero no lo persiguió. Se concentró en abrir la pesada puerta del refugio y mantenerla levantada con una mano porque en el otro brazo llevaba el agua y los pañales.

—¡Baja! ¡Corre!

Risa protegía a Francie con su cuerpo mientras algunas hojas, ramas y el tejado de alguien cruzaban su jardín. La camisa ondeaba en la espalda de Simon, que parecía ser el único cimiento fuerte y estable en el mundo que no fuera a volarse. Ya no estaba en su vida, tan sólo se estaba asegurando de que Francie y ella estaban a salvo. Con el viento en contra, Risa corrió al refugio, cuyas escaleras bajó a toda prisa, dejó a Francie en su colchón en la oscuridad de la cueva y encendió una linterna. La luz fue tranquilizadora. Simon bajó tras ella, dejó el agua y los pañales junto a Francie y se volvió para irse.

—Deberías quedarte, Simon.

—Sabes que no puedo. Tengo que salir; es mi trabajo.

Risa comprendió que su trabajo era su vida, y que no había nada más importante. Entonces le sonó el teléfono, al mismo tiempo que Risa oyó una voz de mujer que la llamaba. Era Janetta. Subió las escaleras y gritó.

—¡Estoy aquí!

Su hermana corrió desde el porche.

—Me he preocupado al no veros a Francie y a ti. He oído en el trabajo que han caído dos tornados.

—Tres —corrigió Simon tras acabar su conversación telefónica—. Tengo que irme. Ni se os ocurra abrir las puertas hasta que oigáis en la radio que está todo claro o venga a avisaros alguien que yo autorice.

Con una última mirada a Risa que la dejó casi sin aliento, subió corriendo las escaleras y cerró la puerta del refugio, que Janetta enganchó tras él. Los ojos de Risa se llenaron de lágrimas mientras tomaba a su hija en brazos. Entonces se dio cuenta de que quizá no volvería a verlo, pues estaba en peligro. Iba a meterse en la tormenta como si fuera impermeable a ella, y decidió que no podía dejar que lo hiciera. Lo amaba. No se estaba enamorando, sino que ya lo estaba más allá de lo imaginable. Ahora las lágrimas corrían libremente y Risa puso a Francie en manos de su hermana.

—Tengo que ir tras él. Tengo que decirle que lo quiero. Si le pasa algo, no lo sabrá nunca. Él cree que todavía...

—Tú no vas a ninguna parte —la cortó

Janetta agarrándola del brazo—. No puedes. Tienes que pensar en tu bienestar y en el de Francie. ¿Qué hará ella si te pasa algo? Simon es fuerte y muy competente; estará bien.

—Y si le pasa algo, ¿qué? ¿Si nunca llega a enterarse de lo que siento? Creía..., me sentí traicionada. Todavía no entiendo por qué no me contó lo de David. Lo quiero mucho.

—Venga —dijo Janetta, señalando al suelo—. Vamos a sentarnos.

Risa miró a su hermana y comprendió que tenía razón. Simon era un hombre fuerte, preparado e inteligente, y ella debía confiar en que no se pondría en peligro a propósito. Confiar, pensó, una palabra demasiado complicada. Cuando Risa volvió a colocar a su hija en el regazo, Janetta se sacó una barrita energética del bolsillo y le dio la mitad a su hermana.

—Hay dos lados en esta situación —comentó—. Tal y como yo lo veo, es David el que hizo algo malo, no Simon.

—Pero no habrían pillado a David con esos chicos si Simon me lo hubiera contado.

—¿Y qué habrías hecho tú?

—Me habría sentado con Lucy y Dom.

—¿Y qué habrían hecho ellos?

Era exactamente la misma pregunta que le había hecho su madre. Le retiró el pelito de la frente a Francie, consciente de que Janetta quería llegar al mismo punto que Carmen.

—No crees que hubieran hecho nada.

—No creo que lo hubieran hecho. Quizá le habrían echado la bronca y le habrían dicho que no lo volviera a hacer. Después de estar con Lucy y Dom, creo que Simon lo sabía.

—Así que tomó cartas en el asunto y mira lo que ha pasado.

—Deja de sentirte mal por un momento y míralo desde su punto de vista —le dijo su hermana, dándole un leve codazo en el brazo—. Es un agente del orden; estos chicos se habían salido de lo correcto y si se lo hubiera contado a sus padres lo habrían visto simplemente como una figura autoritaria a la que no le preocupaban. En vez de eso, intentó ganarse su confianza. Imagino que ellos no querían que sus padres se enteraran y jugó con eso. Creyó que si les enseñaba las consecuencias de su comportamiento no volverían a portarse mal. Se equivocó, de acuerdo, pero fue un error de criterio. No lo hizo para traicionarte, ni para mentirte. Y no lo hizo. La confidencialidad es parte de su trabajo. Una vez que les había prometido que no lo diría, ¿cómo iba a hacerlo? No es todo blanco o negro, Risa, Simon no es Todd. Si lo quieres como dices, vas a tener que aceptar que, aunque sea el tío más bueno del mundo, sigue siendo humano. Va a cometer errores, igual que tú.

Risa se quedó pensando en lo que le decía su hermana un rato largo.

—Metió el dedo en la llaga —murmuró al fin— al decir que había sacado las cosas de quicio.

—¿Sacaste las cosas de quicio?

Era la pregunta clave. Podía echarle la culpa a las hormonas, a su matrimonio con Todd, pero no sería sincera consigo misma. Había sacado las cosas de quicio por miedo a confiar en los sentimientos de Simon hacia ella, y en sus propios sentimientos hacia él.

Pero ya no tenía miedo. Quería decírselo, quería decirle que sentía no haber creído en él, no haber creído que podían tener un futuro juntos. Comprendió que no la había traicionado. Había intentado protegerlos a todos, a David, a ella, a Lucy y Dom, a su madre. Quizá había cometido un error de criterio, pensó, aunque ya ni siquiera de aquello estaba segura. En cualquier caso no había sido una traición. En aquella ocasión ella había sacado las cosas de quicio porque tenía miedo de amar a Simon, y si no hubiera dejado que el miedo le nublara la razón, se habría dado cuenta.

Lo único que se oía en el refugio era el sonido de su hermana masticando. Ella abrió una botella de agua y dio un par de tragos.

—¿En qué piensas? —le preguntó Janetta.

Antes de que Risa pudiera contestar, algo grande y pesado golpeó la puerta del refugio. Las hermanas se dieron la mano y rezaron para que Cedar Corners no resultara dañada y no se perdieran vidas. El ruido paró y fue reemplazado por un tenebroso silencio. Risa besó a su hija en la mejilla, y vio cómo, incluso en las sombras, ésta la miraba con todo el amor y la inocencia de un niño. Se le inundó el corazón de amor por Francie y su familia, y por Simon. Cuando Janetta encendió la radio, escucharon que había caído otro tornado, tirando algunas líneas de alta tensión, destrozando algunos coches y la verja de una granja cercana. Todavía estaban evaluando los daños. Continuaron escuchando el zumbido de la voz del locutor hasta que Francie se quedó dormida en el regazo de su madre. Media hora más tarde, oyeron que ya se podía salir. Janetta abrió la puerta y salieron a un día mucho más luminoso. Uno de los arces de Simon estaba tumbado con las raíces descubiertas en su jardín. También había repartidas ramas de árboles y algunas sillas de jardín, pero todo lo demás parecía intacto. Entraron en la casa, esperando que se hubieran descolgado los cuadros o se hubieran roto las ventanas, pero no había ningún destrozo ni nada fuera de su sitio, y seguían teniendo luz.

—Hemos tenido suerte —respiró Risa apretando a su hija.

—Sí.

Entonces Risa se preguntó qué habría sido de Simon. Necesitaba saberlo. Tenía que encontrarlo; tenía que decirle que lo quería.

—Necesito un favor —le dijo a Janetta, que estaba colocando el colchón en la canasta de Francie.

—Lo que sea. Acabamos de sobrevivir a un tornado juntas.

Risa pensó que nunca debía haber dejado marchar a Simon sin decirle lo que sentía y sin intentar arreglar las cosas. Él estaba convencido de que lo había echado de su vida y de que todo había acabado entre ellos. Ella también lo había creído, pero se había equivocado. Con la esperanza de que no fuera demasiado tarde, preguntó.

—¿Te importa cuidar de Francie? Tengo que ir a buscar a Simon.

—Pero si casi no se puede salir —contestó su hermana, sorprendida—. Hay árboles por el suelo, líneas de alta tensión. ¿Hasta dónde crees que vas a llegar?

—Hasta donde esté Simon. Tengo que verlo.

Janetta observó a su hermana un momento y, al ver su determinación, descolgó el teléfono.

—Tenemos línea —informó, y sacó su móvil del bolso para dárselo—. Avísame si te pasa algo. No quiero quedarme aquí sentada preocupándome todo el tiempo que estés fuera —le dijo, y le cambió el móvil por la niña—. Mi sobrina y yo vamos a pasar un rato muy bueno juntas. No tengas prisa, sólo hazme saber que estás bien.

Risa las abrazó a las dos, agarró su bolso de la cocina y corrió a casa de Simon. La puerta trasera estaba abierta. Pensó que sólo había un modo de averiguar dónde estaba, escuchar su emisora. Sospechaba que lo encontraría donde hubiera más daños, y que si se metía en medio y conseguía encontrar a alguno de sus ayudantes, la guiarían hacia él.

Tardó pocos minutos en averiguar que la mayor parte de las fuerzas del orden se encontraban en la granja de Murphy, al norte de la ciudad. Por el camino vio oleadas de destrucción intermitentes en medio de lo que de otro modo sería un pacífico paisaje. El centro de la ciudad parecía haberse salvado, excepto algunos restos de árboles, tanto en las calles como en los jardines, alguna verja caída y la puerta arrancada de un cobertizo. Donde el tornado había dado más fuerte, vio una enorme antena parabólica en un jardín y árboles partidos en dos.

Cuando estaba llegando a la granja de Murphy, vio que la casa había perdido la mitad del tejado y que las ventanas delanteras estaban hechas añicos. El todoterreno de Simon y un coche patrulla estaban aparcados en zigzag en el camino, y algunos curiosos sin nada mejor que hacer observaban al otro lado del camino. Tenía que encontrar a algún oficial que la conociera para que no pensaran que no era más que otra curiosa. Una cinta amarilla y unos conos naranjas delimitaban la zona donde había caído un poste de teléfono. Aparcó lejos de todo aquello y corrió a la entrada del camino, donde vio al ayudante Garrity de pie junto a su coche hablando por su emisora.

—¿Un F2? ¿A ciento noventa y tres kilómetros por hora? Tenemos suerte de que no haya más daños; de momento no hay víctimas. Incluso se han librado las vacas de Murphy.

El agente Garrity debió de notar la presencia de Risa, pues se dio la vuelta y abrió mucho los ojos al reconocerla. Le hizo un gesto con el dedo de que ya terminaba.

—¿Qué haces aquí? —le preguntó con curiosidad cuando terminó y apagó la radio.

—Tengo que hablar con Simon. Es importante.

—No dejamos entrar a civiles hasta que lo revisemos todo a fondo. Los Murphy se están quedando en la ciudad con unos familiares.

—Prometo que no voy a tocar nada ni pisar donde no deba. Tengo que hablar con Simon. Por favor.

El ayudante debió de ver algo en su mirada, en la expresión de su rostro, pues la dejó.

—Allí —dijo, señalando la granja—, a la derecha, hablando con el encargado de mantenimiento de la compañía eléctrica. No le digas que te he dejado pasar yo.

Antes de que pudiera cambiar de opinión, Risa anduvo por el largo camino de tierra, donde se detuvo un segundo para buscar con la mirada el camión blanco, hasta que lo encontró. Vio a Simon hablando con el encargado y, sin ningún plan en mente, tan sólo la idea de ir hacia él, corrió a su lado.

—¿Qué estás haciendo aquí? —preguntó Simon con brusquedad al verla—. No deberías estar en la zona. ¿Pasa algo? ¿Le ha ocurrido algo a Francie?

A Risa le enamoró aún más que el primer pensamiento fuera para su hija.

—No, Francie está bien; está con Janetta.

Ya sé que tienes trabajo importante que hacer, pero necesito hablar contigo —le dijo, y Simon miró al encargado de mantenimiento, que miraba a ambos con curiosidad.

—Vete a casa, Risa. Ya hablaremos esta noche.

—No. Tengo que decirte algo ahora.

Al ver que él no estaba muy receptivo y que no le quedaba más remedio, lo miró a los ojos y le dijo lo que le tenía que decir.

—Te quiero, Simon. Siento haber sacado las cosas de quicio el martes. Sé que no pretendías hacerme daño y que hiciste lo que creías que era mejor. Nunca debía haber dicho lo que dije, nunca...

Ruborizado, Simon miró al encargado, que estaba muy divertido, agarró a Risa del brazo y se la llevó a una zona sin escombros cerca de la casa, a unos seiscientos metros.

—Tenías todo el derecho a sentir lo que sintieras —le dijo; ella nunca lo había visto tan serio—, pero si sentiste que te traicioné, no me conoces en absoluto. Hay veces en que tengo que guardarme algunas cosas de mi trabajo confidenciales, y ésta era una de ellas. ¿Qué pasaría si no te pudiera hablar de un caso en el que estoy trabajando?

A ella se le hundió el corazón ante el tono y la expresión de Simon, hasta que absorbió sus palabras. Estaba hablando en futuro.

—Lo entenderé —respondió, llena de esperanza—. Y si no, lo hablaremos hasta que lo entienda. Simon, nunca he estado tan segura de nada como lo estoy de mi amor por ti y mi fe en la clase de persona que eres. Eres valiente, protector y amable, y te confiaré mi vida y la de Francie si decides que es lo que quieres.

Tras una larga mirada que pareció penetrar no sólo dentro del corazón de Risa sino también dentro de su alma, Simon borró las sombras de sus ojos y se fueron abajo las defensas que se había construido desde la noche del martes. La agarró por los hombros.

—Te quiero a ti.

A Risa le empezó a latir tan deprisa el corazón que no podía ni hablar.

—He pensado en Francie como si fuera mía desde que la sujeté cuando nació. Te iba a dar unos días para que pensaras en lo que pasó, y después te pensaba cortejar como un loco. No te iba a dejar ir. Te quiero, Risa. Me voy a quedar en Cedar Corners, ganar las próximas elecciones y ser el mejor agente que pueda. ¿Quieres casarte conmigo?

—Sí —logró contestar ella, que ya no tenía ninguna duda de que Simon era su media naranja.

Le rodeó el cuello con los brazos y él la

abrazó con fuerza. Entonces se besaron, un beso largo y profundo que casi la dejó sin aliento. Con desgana, Simon separó los labios y le habló al oído.

—Creo que tenemos público.

Al mirar por encima del hombro, vio que su instinto de sheriff había estado en lo cierto, pues no sólo estaba el encargado con una amplia sonrisa, sino también dos ayudantes. Cuando se volvió a ellos para mirarlos abrazado a Risa, éste les hizo una seña con los pulgares hacia arriba.

—¿No tienen nada que hacer? —preguntó Simon de forma burlona, lo cual amplió las sonrisas.

—Claro, jefe —contestó Anson—. Supongo que aún les quedan otros cinco minutos antes de que una muchedumbre se reúna para ver a su sheriff besando a su chica. Ya sabe que los rumores vuelan. Pero vamos a ver si podemos dirigirlos hacia otro lado hasta que terminen con esto.

Se marcharon, intercambiando risitas entre ellos, y Simon se acercó más a Risa.

—Nunca terminaré con esto —le dijo.

Entonces la besó con la intensidad de un hombre que pretendía amarla para toda la vida.

Epílogo

¿JUEGAS conmigo al balón? —le preguntó David a Simon.

Risa ayudaba a su madre a limpiar la mesa de la cena del domingo. Janetta, Dom y Lucy habían ido al salón con las niñas. Tanya se estaba probando el vestido de Navidad; quería representarle a su abuela la función que iba a hacer el miércoles por la noche.

—Hace frío fuera —dijo Carmen a su nieto.

Miró por la ventana de la cocina y vio los árboles desnudos a tan sólo dos semanas para Navidad. La temperatura no sobrepasaba los cinco grados. Simon, que estaba acunando a Francie, se encogió de hombros.

—Supongo que nunca hace demasiado frío para jugar al balón —comentó.

Cada vez que Risa veía a Simon con su hija, se le llenaba tanto el corazón que sentía que le iba a estallar. Simon era un padre y un marido fantástico. En los dos meses que llevaban casados, había dado gracias a Dios todos los días por haberlo llevado a su vida. También había cambiado la vida de David, y ahora los dos eran colegas y pasaban mucho tiempo juntos. A raíz del servicio a la comunidad del chico, habían forjado una buena amistad.

—Supongo que si te abrigas bien —reflexionó Carmen.

—Me abrigaré —le aseguró Simon, y le guiñó el ojo a David; besó a Risa y le dio a la pequeña—. Tengo una sorpresa para ti cuando lleguemos a casa —le susurró.

—¿No me vas a decir qué es?

—Si lo hiciera no sería sorpresa.

Le dio otro beso, esperó a que David se abrochara el abrigo y descolgó el suyo de la pared. Cuando salieron, Carmen limpió la encimera y puso el lavaplatos en marcha. Risa empezó a jugar con Francie con un sonajero que la niña agarraba sonriente.

—Nunca te he visto tan feliz —comentó Carmen.

—Es que nunca he estado tan feliz —admitió ella.

—La verdad es que tenía mis dudas respecto a Simon, pero no puedo imaginar un padre o marido mejor. Mirándoos a vosotros, a Lucy y Dom, me he estado planteando…

—¿Qué te has estado planteando, mamá? —preguntó Risa, al ver que se callaba.

—Me he estado planteando si quiero pasar el resto de mis días sola. Me he preguntado si debía ir a una de esas reuniones que hace la iglesia una vez al mes, ya sabes, ésas en las que se juntan hombres y mujeres solteros.

Nada podía haber alucinado más a Risa, o haberla alegrado tanto.

—Creo que deberías hacerlo. A lo mejor si Lucy, Janetta y yo podemos coordinarnos, podríamos ir una tarde a comprarte un vestido bonito.

—Quiero algo navideño —aceptó la madre, ilusionada—. Quizá rojo.

—¿Quiere comprarse un vestido rojo? —preguntó Simon con una amplia sonrisa mientras se desabrochaba la camisa aquella noche

—Eso ha dicho —contestó Risa, que acababa de dar de comer a Francie—. Me habría caído con un soplo.

Con la camisa abierta, Simon fue al aparador, sacó de un cajón un paquetito envuelto en papel dorado y un lazo blanco y se lo dio a su mujer, que se olvidó de su madre.

—Es muy pronto para Navidad.

—Ya. Pero es el aniversario de nuestro segundo mes.

Risa sabía perfectamente que aquel día cumplían dos meses de casados, pero nunca habría esperado que Simon estuviera tan pendiente del calendario.

—Ábrelo —le dijo éste, mientras ella miraba hacia abajo con admiración.

Ella abrió enseguida el lazo y desenvolvió la cajita de terciopelo negro. Recordó vívidamente el momento en que había abierto la cajita con su anillo de compromiso el día después del tornado, un diamante al que miró ahora y comprobó cómo relucía bajo la lámpara de la mesilla. Se lo ponía a menudo junto a la alianza para recordar la suerte que tenía.

—Tardas una eternidad en abrir regalos —bromeó Simon.

—La expectación es parte de la gracia —repuso ella, que, sin poder esperar más, abrió la caja y encontró un corazón de oro en una cadena—. Es precioso.

—Deja que te lo ponga —dijo Simon con voz ronca.

Tras atárselo detrás del cuello, le besó la nuca. Ella se dio la vuelta, lo miró y sonrió.

—Gracias, me encanta. Te quiero. Mi regalo para nuestro aniversario de dos meses es algo menos tangible.

—Creo que ése será el regalo que más me guste —dijo él, abrazándola.

Al besarla, Simon llenó su vida, y Risa supo que cada aniversario con Simon sería mejor. Eran amantes, compañeros de vida y

213

amigos. Él era su agente del orden y ella lo
amaría hasta el fin de los tiempos.